笔谈女公关

辛いのは
幸せになる
途中ですよ

里惠衷心地为一味抱怨「辛苦」的客人送上这样的建议：「辛」里加上一横，就成了「幸」，现在的状态正是通往「幸福」的必经之路。

里惠工作的
银座俱乐部之一"M club"。

里惠和俱乐部的客人之间的会话以笔谈为主。"很多人觉得这样更容易说出心里话，也更高兴呢。"

"有客人认为，用心写下一个个文字，比直接交谈更容易互通心意。"

笔谈女公关

上海译文出版社

目录

前言

"您那条阿玛尼的领带好漂亮啊！"

作为银座的公关小姐，当客人系着一条崭新的名牌领带光临时，如果你只是投之以如此赞美，那你只能算是二流公关。

"您的领带和您很相配呢，真是漂亮！"

不但要赞美领带，对其主人也要加以溢美之词。不然，是不会讨得客人欢心的。

就像这样一句极为平常的赞美，也会因措辞的微妙而导致工作业绩的极大差异。这就是公关小姐的世界。更何况我所工作的银座，是日本首屈一指的夜世界。这里可以说是女人们绚丽的舞台，可竞争也是残酷的。

这充满激烈竞争的夜银座，就是我现在工作的地方。我从地方小城来到东京，为成为银座一流的女公关而奋斗着。这些与其他女孩子并没有什么不同，唯一有所不同的大概就是我是一个耳朵根本听不到声音的听力残疾者。

患有残疾的我，与客人交流的方式是笔谈。我是通过笔记本与客人交谈、会话，通过文字交流来接待客人，使客人愉快地度过银座的夜晚的。

平日里我是怎样与客人进行笔谈的呢？就此我想稍作一些介绍。

W先生，某私立大学教授，也是电视杂志争相邀约的文化名人。他总是行色匆匆，每次来银座喝酒，都是临近打烊时分，即便早来，也是喝不了几杯便会离开。

即便如此，他也总是开心心地来喝酒，似乎很享受这种生活。可是有一天，来到店里的他，样子有些奇怪。

"W先生，好久不见！昨天电视上的您也很帅啊。"

然而他给我的回复却只有一个字。

"忙。"

看他一脸疲惫，于是我给他调制了一杯淡淡的加水威士忌。

"别太勉强自己啊。"

看到我的微笑，他心中的郁闷一下子爆发了。

"工作忙这没有办法，倒是我太太最近提出要跟我离婚，说是'你光忙去了，把我都给忘了'。"

"跟您太太好好谈谈嘛。"

"也是……不过，我很忙，这她是知道的，真是搞不懂她怎么会突然跟我提起这些来。就是因为我辛辛苦苦工作，她才能过着优雅的生活啊。"

他喝着威士忌，一脸困惑。

"索性离了婚，跟里惠你结婚吧。"

他这样写着，神情却依旧阴沉。我心想，他还是应该尽早和太太谈谈才好。

"'忙'这个字是写'亡'了'心'吧。'忘'也是'亡'了'心'。您和您太太不妨好好做一次旅行来找回'心'，怎么样？"

W先生接过本子凝视良久，然后他轻轻点点头，抑起脸来笑了。

"抱歉，今天我要早点回去，去跟太太谈谈。"

那之后，许久他都没有来过店里，不仅如此，电视上也没有再见到他的身影。我正有些担心，不知他怎样了，这时，他又来到了店里。

"电视台的常规栏目，我暂时都给推了。另外，这次学校放假，我和太太好好地出去旅游了一番。"

他已经完全恢复了往日的神采，那天的他，酒喝得很是尽兴。

看到客人能够因为在银座度过的片刻时光而重新振作，这对于公关小姐来说，是最大的喜悦。

我，尽管听不到声音，却也并不例外。有时，笔谈比普通会话更能打动人心。

笔谈术的入门技巧就是要看清对方,斟酌词句。笔谈需要用眼睛品读文字,因而落笔时更需格外慎重。这也是银座公关小姐的基本常识。

我从青森来到夜晚的银座,已经快有两年了。最初,我很不安,担心自己能否胜任银座公关小姐一职。雇用我的那家俱乐部,一开始也是半信半疑。

"耳朵失聪,能干好公关吗?"

当然,谁都会抱有这样的疑惑。即便是现在,也时常会有初次光临的客人,向我投以惊讶与好奇的目光。

我打消了众人的疑虑,现在仍在银座做着公关小姐的工作。这都归功于我的接客武器——笔谈。

"用笔谈会话,能行吗?"

也不知有多少人问过我这样的问题。

我的回答是"**Yes**"。

现实中的我,就是通过磨练自身的笔谈术,在这夜银座一路打拼过来的。

对此,我将在本书中为您做全面介绍。

我的失聪发生在我年仅 1 岁 10 个月大的时候。由于那时年纪太小,所以对于以前那个有声音的世界我已完全没有了记忆。19 岁时,我接受了人工内耳手术,在内耳植入电极,试图以通过电流刺激听神经的方法来恢复听力。然而,康复期间出现了剧烈的头疼症状,最终,也没能恢复听力。

可能大家会有一个固定观念,认为像我这样的重听者,都是通过手语来交谈的。近来,出现了很多以重听者为题材的影视作品,其中的主人公们都是操着熟练的手语。然而,现实中也有许多重听者基本不会手语。我的手语就是入门水平,不用说是复杂的句子,即便是日常会话也大都无法表达清楚。

对于我,与他人交流的主要方式就是笔谈。笔谈,自然就是要把所说的话逐字逐句写下来，这对于能够听到的一方来说，想必会感觉很麻烦，然而它却有一个很大的优势，那就是无需特别训练，只要会看会写，残疾人与健全人，无论是操着日语或是操着其他语言，都能进行即时的交流。

要看到笔谈不是只有不利的一面，如果能活用其优势，那它也会对公关一职起到帮助作用。当然，我在工作之初也并非没有不安，不过，凭借着在故乡青森积累的陪客经验，我现在依然在夜银座工作着。

当初，出版社向我约稿的时候，我本想拒绝的，因为我不想用我的残疾来作为卖点。然而，有人这样对我说："你写这本书，或许会成为那些同样身患残疾的人的一种激励。哪怕是只有一个人会因你的书而乐观起来，那你出书不也是很有意义的吗？"

有感于此，我这才决定动笔。

我总是随身携带着我的"伙伴"——我心爱的钢笔，以及手掌大小的笔记本。钢笔是卡地亚和万宝龙的钢笔，年代很是久远，是某人给我的留念。笔记本里面是法国老店罗地亚的内页，外面套着爱色丽公司的软牛皮封面。它们是我最得意的伙伴。

我的笔谈陪酒人生，是在这两个伙伴的陪伴下一步步走过来的。

本书中，我将为您讲述我作为一名重听者的人生、思考、我的家人，以及今后的梦想等内容。

另外，为了使客人身心愉悦，身为听力残疾者的我是怎样在笔谈之际构架语言，平常又是如何接待客人的，这种种秘密我都会一一为您讲述。

为了未来的梦想，我正全速奔跑在夜晚银座的街道之上。为了梦想的早日实现，虽不合银座的规矩，我还是得到特别许可，同时兼着两家店里的工作。

"要一直向前看。"

希望通过此书，能把我的这种心情传达给作为读者的您。

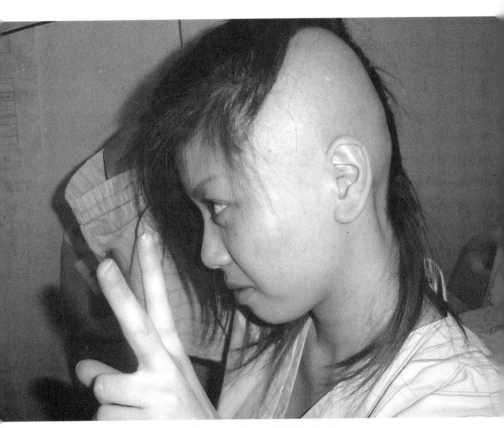

19 岁时,为恢复听力而接受内耳手术的里惠。"我想考驾照,所以做了手术。手术成功了,驾照也如愿拿到了。可恢复听力的复健过程中,深受头痛困扰,最终,我还是选择了无声世界。"

第 1 章 "被神拿走听力"的小姑娘

1 丧失听力的我

先来讲讲我是如何失聪的。

我在 1984 年大雪飘飞的寒冷的二月,出生于青森市内一户不大的人家。家里除了父母外,还有一个大我两岁的哥哥。父亲在当地政府部门工作,人认真而又顽固。母亲是护士,是个稳重利索的人。哥哥很善良,总是保护我。我家就是这样一个极为普通的家庭。

而这个普通家庭却在我 1 岁 10 个月大时发生了一件大事。一天,我突发脑膜炎,高烧不退,被紧急送进了医院。

其实这段往事我并没有直接听父母讲过。

"孩子得病都是我的过错。"

我从很小的时候起就感受到了母亲一直以来的自责。或许正是因为明白母亲的心情,我才无法开口询问。

十几岁时,有人把详细情形告诉了我。不过,那人当时也并不在现场,或许所说跟事实有所出入。他说大致情形是这样的。

那夜,母亲给我洗澡。她离开了我一小会儿,或许是用盆冲凉去了。总之,有一小会儿把我一个人放在了那里。等祖母再看到我的时候,我已经口吐白沫,快不行了。

我被紧急送往医院并接受住院治疗,随后的几天,我一直徘徊在死亡边缘。病名是脑膜炎,是由于大肠杆菌、流感病菌等细菌或病毒进入体内而引发的,会出现发热、头疼、意识障碍等症状。

在医院的全力抢救与父母的精心护理下,我才总算保住了一条命。我想父母、家人他们一定大大松了一口气。谁知不久后就出现了一个意外状况。

发病时的高烧导致了后遗症，我完全丧失了听力。

从被医生告知女儿丧失听力直到现在，母亲一直处在深深的自责之中。

"里惠生病之前，我带她去洗温泉来着。不知是不是这个原因让她患上感冒的。不想弄得耳朵听不见的，我真是对不起她。都后悔死了。要是可能的话，我真想替她受罪。"

听说每当有人问起我的残疾，母亲总是这么说。当然，我生病并不是母亲的过错，我并没溺水，也并不是我发着高烧母亲还硬给我洗澡。只是凑巧恰逢那时病情发作起来，仅此而已。

因此，理所当然，我也从没有一瞬曾认为是母亲的过错致使我失聪的。

青春期时，我和母亲经常闹得不可开交。

"整天唠唠叨叨，烦死了。"

即便现在长大了，我有时还会这样想。或许我们母女俩的关系并不能算是亲密，但我仍然感谢我的母亲、我的父亲，感谢他们把我养育这么大。

1岁10个月失聪的我，完全没了对患病、对声音的记忆。对于我来说，现在的这种状态，这种耳朵听不见、没有声响的寂静世界才是理所应当的。

实际上，小时候有很长一段时间，我并没有感到失聪带给我什么不便。

直到我被称作"笔谈女公关"之前为止……

4

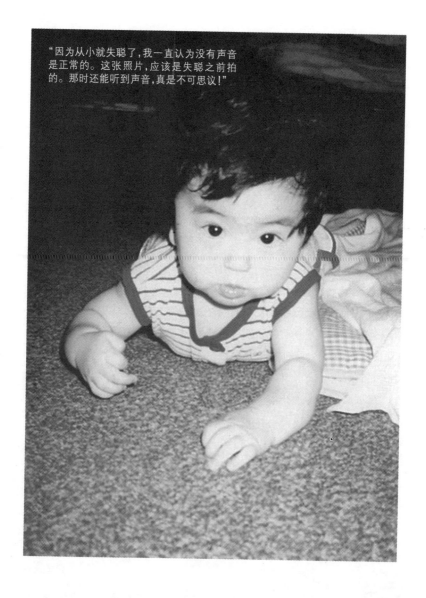

"因为从小就失聪了,我一直认为没有声音是正常的。这张照片,应该是失聪之前拍的。那时还能听到声音,真是不可思议!"

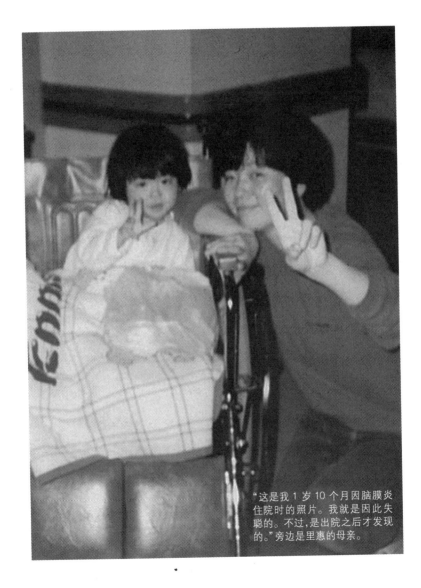

"这是我 1 岁 10 个月因脑膜炎住院时的照片。我就是因此失聪的。不过,是出院之后才发现的。"旁边是里惠的母亲。

2 聋校与残疾人的生活

我有一个发小名叫美幸。说我们俩是发小,倒不如说我们俩是没有血缘的姐妹,或是就像一家人更准确些。我和她,年龄相同,又是邻居,玩啊上学习班什么的都在一起。

小时候,我根本不理解只有我自己耳朵听不见,而一起玩耍的美幸、我哥哥他们是能听见声音的。不过随着渐渐懂事,我明白了我们之间的不同。美幸、我哥哥他们都没有去念聋校(现在的特别援助学校)的幼儿部,而只有我自己去了。

聋校是一处帮助重听者养成生活习惯,以使他们能够克服残疾带来的种种困难,实现自主生活的场所,到了一定年龄,也会学习国语、算数等一般科目。在这里,我和另外仅有的四名同学一起,学习日常生活技能,以及学习作为残疾者自立生存的本领。

聋校没有教我们手语。在当时,基本上聋校就是以不教手语为教育方针的,作为替代,我们学习发声以便记住文字、语言。

不过,现在再见到那时的同学,基本上已经没有人会发声了。

我们不能像普通人说话那样,发出别人听得懂的声音。因此,常常是我们发出声音后,周围不明就里的人会被吓一大跳。

"怎么了?"

他们就那样盯着我们。他们看我们,并不是有什么恶意,被他们注视,从某种程度上来说也是无可奈何的事,可还是有很多听力残疾者会因此感到难为情。

当时的朋友之中也有人自学了手语,用手语进行交谈,但另一方面,也有很多听力残疾者像我一样没学会手语,全靠笔谈来进行交流。这也是实情。

二十岁左右的时候,有人曾介绍我去一个培养概要记录员的讲座帮忙。

概要记录员是这样一群志愿者,他们把听到的我们重听者发出的声音经过简洁的概括后,记录下来写给别人看。他们的存在为我们重听者提供了难得的帮助。

我所做的是以我的成长经历、经验等为内容讲一段十五分钟左右的话。那些准概要记录员们听我的声音,并记录下大意来。简单说来,就是拿我的声音来做概要记录的练习。

从这件事中也可以看出我说话的水平,健全人是听不懂我说的话的。即便能勉强与家人进行意思沟通,外人却仍难以理解,这就是重听者发声的现实。

我在聋校学会了文字、语言,因此喜欢上了看书,像这样自己写文章也成为一件乐事。而唯一遗憾的是我永远无法得知动听的语音究竟是怎样的。

3 "起床!"

刚才有点离题了。在上聋校的同时,我也隔天上着保育园和幼儿园。星期一聋校,星期二保育园,星期三幼儿园,大致就像这样。这是因为父母希望我身为聋哑人能学会必要技能的同时,也能过上普通人的生活。

这三所学校中,我最喜欢保育园。理由很单纯,因为只有保育园有午睡时间,那段时间是我最喜欢的,可有件事情年幼的我却怎么也弄不明白。

从来没有人叫醒我。

"起床!"

别的孩子像是会被保育员这样叫醒的。而失聪的我,当然听不到老师的声音,也听不到别的孩子收拾被褥、准备下面活动时发出的声响。我经常是睁开眼睛时,发现别的孩子们都已开始活动,躺在床上的只有我自己。每当此时,我都会想:"为什么老师不叫醒我呢? 为什么周围的孩子不叫醒我呢?"

是因为嫌我是个麻烦的残疾人而对我置之不理,还是捉弄我? 或是觉得我是残疾人而可怜我?

至今我也想不明白其中缘由,只是还记着当时自己心里一直这么想:"我想和别人受到同样的对待。"

不过,这句话最终我也没能说出来。

4 学习班之路 书法之乐

从上小学前开始,我就上了许许多多学习班。有游泳、钢琴、书法、芭蕾、陶艺等等。他们让我学得太多,以至于我自己都快给弄糊涂了,不知道现在在学什么。另外,也没有时间跟朋友玩了,这也令我很是不满。

学习班,大都是和哥哥或是幼时伙伴美幸一起上。几乎每当我新学什么东西,美幸都会马上跟着去学。学钢琴、电子琴的时候,我们也曾穿着美幸妈妈为我们做的统一的礼服出席汇报演出。不过,对于听不见声音的我来说,钢琴练习并没有乐趣,也几乎没有什么进展。弹钢琴的时候,我不是听声音,而是在心里打节拍,弹得好不好自己根本不知道。最终还是中途放弃了,此后也再没弹过一次钢琴,再没摸过一次键盘。

一定会有很多人认为,让听不见声音的我学钢琴什么的不是没用吗?的确,我只是因此多少有了点节奏感,或许他们说的没错。当时的我只是觉得,学那么多,烦死了。

"正因为耳朵听不见,所以想让里惠什么都体验体验,从经验中获取知识。"

我最近才终于明白了父母的用心。

不仅是学习班,父母还带着我去各地体验生活。夏天去野营,冬天去滑雪。

无论什么,我都得以和哥哥、美幸等朋友一样去经历,因此,那时候我从没有想过自己和别的孩子有什么不同之处。

虽然钢琴班没有什么成效,但学习班中当然也有我庆幸自己去学了的。

排在第一位的应该算是书法了。对于以笔谈为主的我而言,我觉得写一手好字，就像大家用悦耳的声音讲话一样。

　　书法，我从四岁起一直学到小学三年级。当然，最初开始的契机是由于父母的建议。

　　记得书法老师是一位已生白发的上了点年纪的女人，她总是笑眯眯的。一起学书法的除了我之外，还有哥哥、美幸，以及美幸的哥哥。我清楚地记得，每当让重写的时候，哥哥总是紧咬嘴唇，眼里含着悔恨的泪花，却依然坚持着。尽管我觉得哥哥很可怜，可还是等着他写完。而我，当要重写的时候，总是一脸不情愿、气呼呼的。现在想来，对于这样的我，老师没有生气，反而加以巧妙的赞扬，这才把我引领上书法之路的。

　　长大后，我和美幸有过这样一次谈话。

　　"里惠，你还记得你说从没听过别人夸你书法写得棒，于是我哥还有你哥两人都说'确实写得棒啊'，把你表扬了一通吗？不过你不在的时候，哥哥们却跟我说'实际上还是美幸你写得好'。听他们这么说，我也很开心。哥哥们真是很会哄我们呢。"

　　我们俩就这样在细心的哥哥们的守护下，快乐地上着书法教室。

　　当时，我并没有想到过因为耳朵听不见，所以要格外在书法上下工夫。只是觉得研墨、用毛笔写字这一连串行为对于我来说是一件乐事。用力去写，字就会粗壮有力；没有成竹在胸，手发抖了，字就像蚯蚓，没有筋骨。这些对孩子来说，是那么新奇有趣。必须要留意好多事，比如什么地方顿、什么地方挑才能完成一个字的书法，这让身处无声世界的我为之着迷。虽然近来没有动笔的机会，但我至今仍能清晰忆起那独特的墨香。

　　虽然我并没有在书法教室之外还进行过什么别的特殊练习，不过还是在小学三年级时获得了书法二段证书。也曾参加当地的书法大赛，荣获金奖，并因此上过报纸。

中学时，有段时间看到周围人写的圆字体很可爱，于是扔掉了辛辛苦苦学来的正确的书写方法。不过，随着年龄增长，我越发体会到了作为表现自己的最大手段——文字的重要性。最近书法也出现了许多表现方法，我对此很感兴趣。希望有一天能重新正规地学习书法。

我认为，字如其人。因而，特别是在被称作"笔谈女公关"之后，我更是格外用心地把字写好，以便能呈现给客人一手漂亮的字迹。

5 我是"外星人"?

说起学习班,我还记得另外有一件事。

挺幸运的是,记忆中的我基本没有因为听不见而受到什么欺负。不过,在上游泳班的时候,我却遭到了周围孩子的嘲笑与挖苦。有好多孩子笑我发出的声音语调和健全人不同,怪声怪气的。

渐渐地,那些孩子不仅是在背地里嘲笑我了。

"外国人!"

"美国人!"

"外星人!"

他们就这样说我。而可悲的是,我却连这些说我的坏话也听不到,只是看到他们盯着我,笑着在说什么。

"是在说我什么吗?"

现场的我,却只是这么想。

告诉我别人说我坏话的,还是我的好友美幸。对于这些针对我的无情的冷言冷语,她就像被说的是她自己一样,为我愤愤不平。

另外还有一个人和美幸一样为我抱不平,那就是我哥哥。我把从美幸那儿听到的话都告诉了哥哥。于是哥哥跑到欺负我的那些孩子那里,狠狠告诫他们,不让他们再说我的坏话,有时还和他们打上一架,替我好好教训他们一顿。

由于哥哥、美幸、美幸哥哥的维护,事情也就仅止于说说我坏话的程度。游泳班里,我再没有受到过更严重的欺负。不过,这也让我重新认识到自己所说的话与其他人不同。说实话,这让我很泄气。

这之前，我一直以为自己说话很正常，可是周围孩子却嘲笑我，说我"外国人！""美国人！""外星人！"原来自己说话不过这种水平，还是说不流畅。我第一次对此有了体会。

所谓重听者，从轻度到重度，有各种程度。轻度的人中，也有能够在电话中进行交谈的。可不幸的是，我属于重度重听，完全听不到声音，准确地说，是个聋子。

由于在学说话之前就失去了听力，我不知道各个单词的正确发音。前面也讲过，虽然在聋校学过发声，但那也只是为了学习单词。无论我再怎么努力地说，除了家人、或是相当亲近的好友，别人是根本无法理解我的话、明白我所发出的声音是什么意思的。

大概也是天性，游泳班里遇到的这件事并没有使我从此消沉。但我也开始直面这样一个现实，那就是有许多人听不懂我所说的，我是一个重度残疾者。

由于父母希望里惠能有和其他孩子一样的体验，年少时期让她学了许多技艺。"我也学过钢琴呢。当然，我什么也听不到。"

【专栏】

"十几岁时,她常常在我面前哭呢。"

——幼时伙伴 八幡美幸

美幸,里惠的邻居,与里惠同岁,自懂事起直到现在,一直是里惠的好友。

"里惠她从小就很活泼开朗,很好强,认为哭鼻子很丢人。我觉得还是因为听不见,所以才养成她这种性格的。不过,十几岁时,她常常在我面前哭呢。多是由于跟朋友吵架啦,或是谁谁不明白她的心意这一类的人际关系的原因。"

美幸,她熟知里惠最真实的一面,是为数不多的曾见到过里惠流泪的朋友之一。

"里惠从小就不喜欢随大流。她总是很显眼,从小就常被人误解。我觉得这跟她听得见听不见没有关系,是她本身性格使然。再者,她有股拗劲,不在乎别人说什么,所以很难得到别人的理解。"

自己生里惠的气、责怪她行,但受不了听别人说她的坏话,美幸这样笑着说。微笑中的她,仿佛就是里惠的亲妹妹。

"我和里惠,一会儿这个是姐姐,一会儿又是那个当姐姐,是看情况决定。平衡得很好呢。"

"说是朋友,其实更像是家人。"

里惠也这样评价与美幸的关系。

"我和美幸并非脾气性格完全相投。我们俩性格、想法大相径庭。可我们是一家人,已经超越了合不合得来,喜不喜欢,我们会一直相伴,这是理所当然的事情。"

里惠与美幸就是这样一对彼此来说都是不可或缺、无人能替代的亲密好友。

6　小学入学

　　像我这样的重听者，上小学的时候大概有两种选择，一个是和大家一样，进入普通学校，另一个就是去那些有听力残疾、视力残疾、智障、肢体残疾的人去的特别援助学校。

　　我上了普通小学，不过，并不是哥哥、美幸他们上的那所本区的学校，而是一所离家有些路程的小学。特地跑到别的学区，是因为那里为听力残疾人特别开设了一个课程——"特别听力教室"。所谓"特别听力教室"，是在上国语和算数这两门主科时，和其他同学分开教室，由专门的老师进行一对一的教学。

　　由于以上理由，我去了那所小学。虽没有一个熟人，我却也过得很开心快乐。这一时期的我特别反感裙子、粉色等可爱的东西。我总是穿着长裤，和男孩子们一起跑来跑去地玩耍。说好听点像男孩子，其实就是个顽皮的野丫头。

　　另一方面，我酷爱读书。耳朵不能听见声音的我，信息的很大比重是通过眼睛获得的。

　　一天放学途中，我依旧一边走路一边看着书。这种行为对于任何人来说都是很危险的，更别说一个失聪的人了，走路时不看着前面，这无异于危险至极的自杀行为。可那时我还在读小学低年级，并没有意识到它的危险性。

　　我看书看得入了迷，对周围事物全然不觉。忽然，我觉得碰到了什么东西。

　　"是什么？"

心里这样想着,抬头一看,不由得吓了一大跳。只见我正站在马路正中央,而我碰到的是停下来的汽车。说是它停下来了,也只是因为我走在路中间,它开也开不了。

驾驶座上坐着一个满脸怒气的男人。

想必是一直在按喇叭吧。可听不见声音的我,一定就像无视它的存在一样,在马路中间悠然自得地走着。

"@□●×※&○■＄％!"

他朝我说着什么。即便听不见,我还是马上就明白了。他是在骂我。

我已经慌了神,心里一片茫然,根本想不起说对不起,便慌慌张张地跑到人行道上去了。

车上的那个人打开车窗,叫嚷了句什么,很快就开走了。

"混蛋!想让车轧死啊!"

肯定说的是这个吧。他说的没错,我确实干了件危险事,即使被车撞了也无话可说。

可我当时已经慌得不知所措,没能向那位司机道歉。

那时开车的那位司机先生,真是对不起。从那以后,我意识到自己必须比别人加倍注意才行,也更珍惜眼睛所看到的信息了。此后,我再也没有一边走路一边看书。

摆了个可爱 POSE 的里惠（右）。
"文艺汇演中演出戏剧时的照
片。剧目是《三只小猪》，我演其
中的一只小猪。"

7　"特别听力教室"

　　虽然哥哥和美幸不在,但是我在学校里又结识了许多新朋友,学习也很有趣,因此我很喜欢去学校。由于"特别听力教室"的帮助,小学时代的我可以说是功课很棒,学习成绩总是在上游,也没记得因为学习受过什么累。考试时,所有学科,包括在"特别听力教室"所学的国语和算数,都是和大家一起、在同一间教室接受同样内容的考试。因为我成绩好,坐在我前面还有两旁的孩子还一个劲儿偷看我的答案(笑)。记忆中老师们也都是很可敬很优秀的。

　　不过有一件让我怎么也难以忘怀的伤心事,我至今仍不能原谅学校里的一位老师。

　　A老师,他在我四到六年级期间负责我的"特别听力教室"。他对其他老师也是态度蛮横,在学校里出了名的凶。

　　我讨厌他并不是因为他严厉,而是因为他明显不认真上课。本来是特设的"特别听力教室",他却净上成枯燥乏味的自习。这种事在之前的一到三年级期间当然是从未有过的。连小孩子都觉得说不过去。

　　有一天,他又像往常一样叫我做书上练习,自习课又开始了。有道题我怎么也不会做,虽然心里不太情愿,但我还是战战兢兢地去问他。在看漫画书的他,头也没抬地丢给我一句:"自己想去!"

　　这样的话,岂不是失去了"特别听力教室"的意义。我说我不懂,再三求他教我,他这才一脸不耐烦,勉勉强强地讲给我听。

　　那之后又过了几天,上"特别听力教室"的时候,我突然肚子疼。我跟他说,他却意外回了我这样一句。

"我又不是医生,我怎么知道?"

真想不到他会说出这种话来。

"即便是老师,这样说也太过分了。"

我心里这样想,气不打一处来,什么也没说就那样离开教室去保健室了。那之后再有了不愉快,我就会去保健室,和那里的老师说。不过,这并不能解决任何问题,而我当时并没有觉察到这一点。

或许是我这种反抗的态度更刺激了他,有一天,出事了。起因是什么,我已经记不清了。一定是我随口说了什么或做了什么得罪了他。

还在上着课,发火的 A 老师用白色粉笔在黑板上写下了一行大字。

"你被神拿走了听力。"

对于听不见这件事实,我已经习以为常,平日里,我也不太因为我的残疾而闷闷不乐、郁郁寡欢,因为反正想也没有用。我习惯这样简单地考虑问题。

"你被神拿走了听力。"

当这一行大字映入我眼帘的那一瞬间,我心中一下子满是愤怒与悲伤。丧失理智的我把书、文具盒一股脑儿朝 A 老师扔了过去,用不成句的刺耳的声音怒骂着冲出了教室。我又跑去了保健室,去那儿倾吐我的愤怒。

事情并没有到此结束,最坏的还在后面。

几天后,我正和大家在一起吃午饭,A 老师突然来到教室里。他的突然来访让大家都很惊讶。在众目睽睽之下,他瞥了我一眼之后又飞快地用白笔在黑板上大大地写下:

"你被神拿走了听力。"

而且,不停不停地写,写满了整个黑板……

那之前我在学校里一次也没有哭过。但那时，在眼前这本不应有的羞辱的重击下，我说不出话来反驳，甚至想不理会他就那样离开教室也根本做不到，只是大滴大滴地流着眼泪，泪水都快流成了河。

教室里原本也有负责的老师的，想来是畏惧一直以强横著称的 A 老师，根本没有帮我说一句话，不但如此，他甚至还跑掉了。

周围的朋友第一次见到从未在他们面前流过泪的我嚎啕大哭，都吓坏了，纷纷过来安慰。可我心里又愤怒，又觉得痛哭流涕的自己很没面子，只是推开过来安慰自己的朋友们的手，仍旧哭个不停。

这件事对于年少的我刺激很大，那之后的事我都不记得了。不知道之后是如何收场的，我怎么样了，那天是如何回的家……我试图把这些回忆起来，写详细些，可想了几个小时却还是想不起来。

这件事我一句也没跟父母说过。

"说了，他们一定会担心的。"

升入小学高年级后，我渐渐不再跟父母谈起这类事。或许我应该更多跟父母撒撒娇，更多跟父母商量商量才对。

"耳朵听不见，就必须样样比别人强，这样才能得到周围人的认可。"

父母一直这样对我说。这给我造成了很大的压力，我不愿向他们说出心里话。当然，现在我已经很能理解父母的想法，理解他们的话了。

那次"事件"之后，上"特别听力教室"的时候，我总是表现得小心翼翼，不惹 A 老师生气。因为不管怎样不愿意，我还是得上"特别听力教室"。

"我不想上 A 老师的课，我想和大家一起上国语、算数课。"

不知多少次，我在心底里这样呼喊。

却不知去向谁诉说。

难熬的日子终于熬到头了,小学毕业那天,我长长松了一口气。
"今后再也不用见 A 老师了!"
比起毕业典礼,似乎这点更让我开心。

那时的我,根本不会想到自己在八年后,一个意外的场合会再次与他相遇……

"家人经常带我一起去野营,带我去各种地
方。这张照片也是在去什么地方玩时照的。
在后面笑的是我哥哥。"

第 2 章　我是不良少年!?

1 升入普通中学

上中学时,我也没有去聋校,而是去了哥哥念书的那所普通中学。当然,这次隔壁的美幸也在这所学校。在别的学区念小学的我,这次终于能和曾经的幼儿园、保育园的同学们,还有通过美幸结识的在本学区小学念书的孩子们成为中学同学,一起念书了。

一下子多了这么多朋友,而且他们人又都很好,不在意我耳朵的残疾,我也可以毫无顾忌地与他们交往,这带给我很大的快乐。

正是由于中学有了这么多不把我当残疾人区别对待的朋友,我甚至能放心大胆地去和他们吵架。

我也因此可以毫不在意地把自己的残疾示人。当听到没有恶意的玩笑,或是和人发生口角时,我都会说一句固定台词。

"我听不见,不知道你在说什么!"

虽然不成语调,但只要我这么说,对方和我都会笑起来,重归于好。

还有,忘记做作业的时候,这句台词也很管用。

"我听不见,所以不知道有作业。"

只要我这样跟老师解释,老师大都会原谅我。

"净说谎!"

我至今仍忘不了美幸那副吃惊的表情。

上中学后,活动范围扩大了,我们大家经常一起出去玩。虽然听不见,但我也和其他中学生一样,大家一起去照大头贴,去游戏厅打游戏,或去歌厅唱卡拉 OK、跳舞。这样一些再平常不过的玩乐,却让我感到新鲜而又有乐趣。

"听不见,还去卡拉OK?"

现在也还经常有人这样问我。其实不只是我,有好多重听者都喜欢卡拉OK。当然,我根本听不到大家的歌声,但我可以跟着欣赏歌词,或看着朋友们唱得起劲。这就足够我开心的了。

自然,我也会唱自己的拿手曲目。歌是美幸等朋友们教给我的。当时我拿手的有《给我翅膀》、PUFFY①的《这是我的生存之道》。不过唱《这是我的生存之道》时,与其说在唱歌,不如说是大家乱哄哄地在包厢里跳舞。

另外,我现在也经常去卡拉OK,在结束营业后的业余时间里请客人带我去。

当然,我不会在客人面前展露我当年那莫名其妙的舞姿(笑),更何况我也根本不知道自己唱得对不对,因此我是不拿话筒的。我会默默看着客人以及同行的女伴们唱歌。不过,我也有我自己的乐趣所在,那就是客人唱歌时,让我触摸他们的喉咙。

大家也可以在自己发声的时候摸摸喉咙看。发高音与发低音的时候,声带的振动是不同的。或许是喉结的原因,男性的差异更为明显。

我用手触摸着客人的喉结,心里生出许多想象。

"这位客人有着怎样的声音?"

"这首歌是怎样的旋律?"

就像这样,并不是说耳朵听不见,就完全无法享受卡拉OK或是音乐的乐趣。如果您身边也有听力残疾的朋友,您不妨问问他是否喜欢卡拉OK。如果他喜欢的话,你们不妨一起去玩玩。

---

① 日本女生歌唱团体名。

2 杀人了！母亲举起菜刀……

快乐的中学生活中，也有令我为之烦恼的事，那就是与父母的不和。

原本父母就对我管教十分严格，在我上中学后则更是变本加厉。当时规定我晚上六点之前必须回家。有一次我只晚回了五分钟，就被痛打得鼻青脸肿。

就这样回家晚了被父母打了一顿。第二天肿着脸的我一去学校，就被老师叫去询问。老师像是误以为我和谁大打了一架。

"你和谁打架了？"

果然，老师这样问我。

"是父母打的。"

我若无其事地回答，老师都给吓了一跳。

上中学后的我，和朋友们怎么玩都玩不够。早回家，对于我是一种痛苦。

"反正只迟到五分钟也是要挨打的，索性更晚点回去。"

我自然这样想。于是，放学后和朋友拐道去玩耍渐渐成了习惯。这个时期，我常常半夜 10 点、11 点回家，回家时间越来越晚。

最初，还只限于聊聊天、在海边放焰火、打打游戏这一类符合中学生身份的行为。不过，夜不归宿聚集在一起的中学生里并不都是品行端正的人。我渐渐受学长、朋友们的影响，有样学样地学会了抽烟，甚至学会了喝酒。

当然，我都是在背地里抽烟喝酒的。可有一天，父母看到了我和朋友照的照片，大发雷霆。

"这是什么！"

也难怪他们生气。照片上的我，一只手紧紧夹着香烟。

打那以后，我在父母跟前也不愿再老老实实装样子了。反正一切都给他们知道了。我把头发染成棕色、金黄色，把裙子改短，一切都由着自己性子胡来，已经完全是一副不良少年的架势了。

当然，我也不知挨过老师多少次批评。我嫌校服土气，不顾校规，穿着改得极短的裙子上学。母亲当然是不会为我改短裙子的，于是我自己特地跑到裁缝店请人给改成漂亮的迷你裙。可一旦校服检查时被查到，辛辛苦苦花钱改的裙子就会被没收，然后要重新购买那种土气的长裙。曾被我拿去裁缝店改过，又被没收的裙子不知有多少条。

如今想来，父母不得不一次又一次地去买同样的裙子，他们生气也是应该的。而且，事情并不仅限于此，他们还要一次次被叫到学校，听老师训斥。

每每此时，父母都会大怒，而我则采取反抗态度，因而，特别是和母亲，我们每天都会上演激烈的争吵。

"我只是为了让自己好看些，又没妨碍谁，有什么错？"

我当时就这样想，根本不去反省。我觉得自己虽然染了黄头发，可既没欺负过同年级或低年级的学生，也没抢过别人的东西，自己根本不是不良少年、小太妹，可听说周围人都管我叫"青森第一不良少女"。

这样任性妄为、疏远家人、一味反抗的我，在父母眼中，一定就是个不良少年。

"只让里惠上聋校就好了。"

"教育失败。"

我上中学后，父母总是这样唠叨。

"不要脸！"

这是母亲当时的口头禅。

"你再不听话，没准儿你妈她会自杀的。"

父亲曾这样写过一封信给我。

"什么呀！威胁我啊？"

我愈发反抗起来。

激战越来越升级，母亲甚至手拿厚刃尖菜刀追我，骑在我身上勒我脖子。

有一天，我们又像往常一样吵了起来。起因记不得了，大概是因为我回来晚了或是抽烟之类的理由。

母亲手握菜刀，气呼呼地冲过来，表情凶狠极了。

"要是给追上了，真会给她杀了。"

于是，为了不被她抓住，我从起居室逃到厨房，在家中四处躲避。可惜我家并不大，逃不了多久，终于，母亲一下子抓到了我的左手腕。我拼命想甩开她的手，可她另一只手里紧紧握着菜刀，很是吓人，我也不敢动作幅度大人。就这样推搡之间，我不觉摔倒在地，与此同时，母亲一下子骑到我肚子上，冲着用力挥动双手拼死抵抗着的我毫不犹豫地举起了菜刀……

"杀人了！救命！"

我在心里大声叫喊着。

我都绝望了，而这时，门铃响了。

准确说来，是我"看出"门铃响了。

只见母亲朝玄关那里望了望，嗖地一下站起身来。方才那副穷凶极恶的神情完全消失殆尽，那个熟悉的母亲又回来了。

她把菜刀放回厨房，若无其事地把客人迎进门来，变化之快让我惊愕不已。我跟跄着站起身，呆立在那里。母亲却面露微笑，命令我说："客人来了，里惠你到二楼去。"

我真惊讶她前后变化竟能如此之大。

"太好了！得救了！"

虽然我还是搞不清状况，却还是快步逃回了自己的房间，逃离了现场。

尽管此事起因在我,我却依然切实感到了恐惧。

"这样下去,总有一天她会杀了我的。"

我内心真的是这样想,甚至觉得自己就像是恐怖片中的人物。那时,呆在家里真的是件很恐怖很痛苦的事。

然而,与被母亲那样追赶相比,还有一件事情更让我感到厌恶,那就是母亲对我的好友发泄不满。

我哥他人又聪明,又是学生会主席,是个好学生,父母对他也是倍加信任。而另一方面,他也跟一些调皮捣蛋的学生关系很好,也经常有染着一头黄毛的朋友来我家玩。对待那些黄毛们,母亲也能笑脸相迎,可对我的朋友就没来由的厌恶,而且态度很是露骨。这点是我最不能忍受的。

母亲她大概认为我之所以不听父母的话,又抽烟又喝酒,变坏了,都是受朋友的影响。

她经常会用歇斯底里的语气数落我的朋友。其中最大的受害者就是我一直以来的好友美幸。母亲她不由分说把我染发、吸烟这一切都怪罪在美幸头上。

"你别再和里惠玩了!"

母亲还曾这样告诫过她。

一直以来我得到过美幸多少帮助,母亲她也应该是知道的,却说出这种冲动的话来。这让我不能原谅。我把心中的怒气一股脑儿撒向母亲,于是又是一场大闹……

每天每天,都是这样的重复。

"真想早点离开这个家。"

　　我不觉生出了这样的念头。于是，开始频繁重复着为期几天乃至几周的离家出走。

　　这种情形一直延续到我开始工作。只要一有不如意，我就马上从家里跑出去。

　　工作后，我和父母的关系也并没得到改善。不过，像以前那样扭打在一起或是拿着菜刀追我这种事再没发生过。父母他们也渐渐有些放弃、默认了。

　　长期以来，我一直都在反抗着父母，直到最近这段时间，我一点点开始有了改变。看到当时照片上的那个野丫头，我会感到脸红。

　　"怎么会这副打扮，还挺得意地摆着 POSE 呢。"

　　有的照片虽然当时自己并不觉得怎么样，但别人看到一定会说这是个小太妹。

　　经过这么长的岁月，我也终于长大了。或许再略过些时日，我也会深切理解父母当时愤怒的心情吧。

3 学校第一问题生

初中二、三年级时,有个学校里出了名厉害的老师当了我们的班主任。现在想来,我们当然是有错,可只要他看到我们上课讲话,或是违反校规染头发、涂指甲,就会暴跳如雷。有一次我一个朋友惹怒了他,结果被他揪着头发咣当咣当往墙上一顿猛撞。别人去拉他,结果连那个人都遭到一顿修理。叛逆期的我们,越是挨训,越是不听老师的话。就这样,每天都在上演着激烈的战斗。

抽烟、喝酒、黄头发、迷你裙,这样来上学的我,当然是要被学校列为重点对象关注的。

"又没给别人制造麻烦,我哪儿不对了?"

我根本不觉得自己有错,因而老师的话也只当作耳边风。我心里不思悔改,自然也就在态度上流露出来了。

"里惠你是最让人操心的。"

老师一直这样说我。

在被当作重点对象盯上之后,上课时我遇到不懂的问题问旁边同学时,常常会被老师误以为在胡闹而挨批。

"我听不见,刚才是在问他。"

正处在叛逆期的我是不会说出这种话来的。

于是,我上课时不再出声,以防被老师骂,可这样一来课上内容也就听不懂了。就这样学习越来越跟不上,初中时我已经完全变成了后进生。

虽然上课很无聊,但学校里有我的朋友,我还是很喜欢上学。

放学后，和好友们在学校后面聚会成了我们每天的功课。我们在一起并不只是闲聊玩闹，也躲在那里抽烟，因此老师们把那儿看成是我们这些不良少年的集会地。

我们也曾从教室里拿来粉笔，在一面墙上写满老师的坏话。当然这很快就被发现了，我们挨了老师一顿训，还被罚把墙面清理干净。

就在我们最为叛逆的那段日子里，发生了一件事。

有一次，我偶然没去"不良少年的集会地"。原因我不记得了，或许是和别的朋友玩去了，或许是有其他什么事。

那天，学校后面发生了一起小火灾。起因我不很清楚，听人说并不是故意放火，而是因为天太冷了，想烧点什么取暖，不料火势蔓延开了。

现场的那些人很快就把火扑灭了，这才幸而没有酿成大祸，可校方还是立即开始调查肇事者。集会里总是有我的，于是，理所当然的，我被列为嫌犯之一接受了传唤。

我向老师说明那天我不在现场，朋友们也给我作了证。可老师根本不信我这个平日里一直违抗老师的不良少女的话，不管我怎么否认都没有用，最后他们还是认定我在现场。

这件事并没有让我损失什么，可他们对我的全然不信，让我彻底讨厌起了学校，讨厌起了老师，对大人也不再信任。另外我也感受到了自己无法用言语清楚表达时的那种焦躁。

里惠中学毕业时的照片。在那里度过了一段快乐的时光。前排右起第 4 个。"我不是个好学生,但和朋友们在一起,每天都玩得很开心……有很多美好回忆。"

【专栏】

"现在她还常和人说起差点被我杀了。"

——齐藤里惠母亲

里惠父母在看到小学时的"乖孩子"里惠进入中学后行为大变,感到很是困惑。

"我们一直都相信她是不会做坏事的,所以当她那么晚回家,当看到她吸烟的照片时,真的很震惊,不知道她到底是怎么了。是不是上中学后学习跟不上了这方面的原因呢?"

正如里惠母亲所说,像里惠这样的重听者,有不少考虑身体的残疾而选择了去聋校上学。不会是硬把她送进普通中学从而给她造成负担了吧?对此她父母很是后悔。

"升高中是要考试的,那就不知道里惠能不能考上她喜欢的学校了。我们想,至少初中能让她自由选择,能让她和别的同年龄的孩子们过同样的生活。上普通中学的时候,学校告诉过我们,对里惠不会有任何特殊照顾。像是如果上课时能带录音机,我们也就可以在家里帮她辅导功课了,可这些特例学校都不允许。也是有这么个原因,她从一开始学习就跟不上,成绩下滑,这也是没法子的事。不过,学习落下了,要赶上别人,辛苦的是里惠。或许让她上普通中学这个想法只是我们父母的私心,对有残疾的她来说是个大负担。"

里惠父母这样回顾当时的心情。

回想当日情形,父母说她做坏事像是故意做给别人看的。

"要抽烟,她不是躲在家里偷偷抽,而是大摇大摆地在学校跟前的自动售货机买烟。有一次被学校老师给发现了,当然,很快学校就来找家长了。"

对于女儿这种大胆的行为,他们完全束手无策,不知该如何是好,每天都为此烦恼不已。母亲说她甚至还曾开车尾随过深夜外出游玩的里惠。

"我不知她都去了哪里,于是就在后面开车跟着她,就像侦探似的。路上有凹凸不平的地方，车前灯的灯光上下地晃，叫里惠给发现了。她铁青着脸朝我这边瞪着，做手势赶我走。露馅了，没法再跟踪下去了，我只好算了，回家去。还有一次，里惠夜里偷偷溜出去了，我一路小跑地跟着她来着，不过一次也没有跟到底过。脑子里想起的竟是这种事。"

这些事一点点累积起来，渐渐引发了里惠所说的"激烈的争吵"。

"里惠她现在常和人说起那时候差点被我杀了。"

母亲笑容里有些落寞。

"确实，我狠狠地说过她，也打过她很多次。当时，我真是拼出命去了，可能行为是过激了些。还有就是里惠现在还在怪我，说我给她朋友打电话数落他们。那也是因为她没回家，我心里担心，于是就到处打电话问里惠在不在那里。我有时也想，这些事自己真的做得不对吗？里惠她至今还是对我心存芥蒂，看来我是做得有些过分。总之，那些事，不管里惠在书里怎么写，我都没有意见，因为那是她真实的感受。"

第 3 章　劳动的喜悦

1 无聊的高中生活

也是因为初中时学习跟不上，我根本没有打算上高中。我喜欢服装，对时尚很感兴趣，所以想上服饰方面的专门学校。可班主任强烈反对，他劝说我一定要读完高中。在老师的强烈反对下，迫于他的意见，我只好选择念了高中。

我学习不好，能上的学校有限，不过还是得到学校推荐，顺利地升入了县里的一所私立高中。中学时代的好朋友们大都去了别的学校，我一下子进入了一个全新的环境。

在高中，我很快就交到了朋友，学校漂亮的校服我也很喜欢，可我总是忘不掉自己原本并不想来这里，因而过得并不快乐。

于是，又和朋友一起逃学去拍大头照，去打游戏机。很快，就只有上体育课和电脑课时，我才会出席，而父母也在我开学没多久，就被老师不断叫去了。自然，少不了挨他们的训，我也越来越没心思学习了。

刚入学那阵儿，我还按时出勤，父母每天会给我 2 千元左右的零花钱，买当天的午饭和一些必需品。后来不去上学了，自然就没零花钱了。

没钱了，最难过的就是买不成喜欢的衣服了。那时的我，还没有打工的经历。15 岁的我根本想象不出听不见声音的自己能做什么工作，只能束手无策，每天毫无意义地在喜爱的服装店门前徘徊。

2　偷东西与打工

有一家卖美式休闲服装的店,初中时我就常去。那天,我又去了那里。因为没有钱,我本来只是打算去逛逛的,可喜欢的衣服拿在手里,不知怎的,我竟想也没想,就把它放进包里去了。

我当然知道做贼不对,可那时的我不知是怎么了,既没有罪恶感,也说不上是一时冲动,只是想也没想地就那样犯了罪。

没交钱就把东西带出店外的话,店内的警铃会感应到衣服上安装的防盗标签而发出响声。对于这一点,听不见声音的我也是清楚的。

"警铃会响吧?"

我根本也没在意这些,只是晃晃悠悠地走出了店外。

店里立刻铃声大作,当然我并没听到。店主飞奔出来追上了我。我承认偷了东西,既没辩解也没反抗,就这样简单地被抓住了。

即便在被抓住的那一瞬间,我也没有意识到自己做了错事,对于即将面临的惩罚,心里也没有感到丝毫恐惧。对于自己那时的行为、心理,至今我还是想不明白。

"那时候我究竟是怎么了?"

就好像面对的是别人的事,那时的自己就是给人这种感觉。

我被带到了内店。他们随即报了警。在等警察来的那段时间,店主跟我聊起来。

他像是记得初中时就一直来买东西的我。很奇怪,他并没有生气,而是一脸平和。

"我自己15岁的时候也偷过东西,我能理解你。你应该不是个坏孩子,只是一时冲动吧?"

听到他的这番话，我才幡然醒悟，一股强烈的罪恶感向我袭来。自己这是做了些什么呀！我从心底里感到了害怕，拼命向老板认错，不停向他鞠躬。

他问了我一个奇怪的问题。

"你天天去上学吗？"

我老老实实告诉他说基本不去学校了。听完我的话，他有了一个更令我惊讶的提议。

"今后你要好好去上学。如果做到了，愿意的话，寒假可以来这里打工。"

我想都不会想到会有人和颜悦色地对一个做贼的罪犯说出这么一番话来。那时的我，能做的只是不断重复着谢罪与感激的话，竭力把我的心情传达给他。

"会受到什么惩罚呢？"

随后，我被带到了警署。在警署，我一直在为自己所犯的罪而悔恨不已。不过，只是受到了严重警告，我可以回家了。

我长出一口气，在心底里默念：自己再也不会做这种令人追悔莫及的事了。自然，父母也被叫到了警署。虽然他们一脸困惑，但还是急匆匆赶来接我。

"我没做坏事！"

此前，无论是谁对我怎样发火，我都是依然故我，可偷东西的的确确是一件坏事，是要被问罪的。

"今后再不做犯法的事了。"

我对自己立下重誓。几天后，我又重新给那位店主写了封谢罪信，此后，也谨守与他的约定，开始去学校上课了。

之后不久，在寒假前的某一天，那位店主给我家打来了个电话。电话中，他竟向我父母问起我想不想去打工。

我当然是大喜过望,就这样开始了打工。店主他对于听不见的我,并没有加以什么限制,什么都让我做。从把衣服整整齐齐叠好到接待客人、收银,所有这一切都是那么新鲜。

我要是做错了,他会严厉地训斥我,除此之外的时间里,他都在温暖地呵护着我。

开始打工后不久,我忍不住问过别的店员:

"你觉得老板为什么会雇用偷过东西的我啊?"

我对此一直耿耿于怀。

"他说他觉得你不是个坏孩子,又是那么喜欢服装,他希望即便你耳朵听不见,也能让你有段快乐的经历。"

害羞的店主他自己并没有对我说过这些话,这些都是那个店员悄悄告诉我的。对此,我只有心底里无尽的感激,感激他能让我来这里工作。

打工后不久,我就开始犹豫是否应该再回学校上学,最终我决定暂时休学一年。因而假期结束之后,我仍留在了店里继续打工。

"你在这儿干的话,要好好把钱交给家里。"

店主又给了我这样的建议。照他所说的,我每个月从薪水里拿出三万元给父母。父母接过钱,喜极而泣。自从我上中学以后,他们从没有像这样开心过。看到他们如此开心,我也从心底里感激店主,庆幸自己听了他的话。

由于我是初次工作,所以干了许多糗事。年仅15岁的我,还只不过是个孩子,对待工作也不够严肃,有时会和朋友玩过头而上班迟到,有时又会喝得宿醉,接着第二天去上班……

"喝醉了,也要把活干好,这才是酷。"

这种时候,店主他也会用一种我能接受的方式来说我。

尽管如此,有一次我还是因为迟到而受到了严厉批评,而我并没有老实认错。

"你不用再来干了!"

我也忘记了自己有错,反唇相讥道:

"知道了。"

然后就那样回家去了。可很快我就后悔了,因为怎么想也都是自己迟到不对。

"对不起!请让我在这里工作吧。"

第二天,我又低声下气地跑去认错。

那家店在我人生中有着重要的地位,我在那里学到了很多。

"那家店里有个耳聋的店员。"

后来从朋友那里得知,我因此在当地稍有了些名气。大概由听力残疾者招待客人,这种事在青森很少见吧。自己那时听不见声音,又疏于接客之道,真的很没自信。

我一个人看店的时候,甚至有一次因为不懂收银机的操作而跑去附近商店求助。如今想来真是汗颜。

那时的我,就是那样一个不靠谱的店员,只不过每天都是那么快乐,我也初次体会到了劳动的充实感。还有,就是我喜欢上了每天能够接触到很多人的待客服务行业。

作为舞者参加青森"睡魔祭"时的里惠。
"那时我大概 15 岁左右吧。看上去一脸的
狂妄自大。现在再看,真是挺丢人的。"

【专栏】

"我想起自己像她那么大时，也常常干坏事。"

——原服装店老板　大室弘树

"我记得里惠初中时常常和朋友来店里买东西。看她买东西时的样子，知道她听不见。可看着和许多朋友一起开开心心地买东西的她，和其他孩子也没有什么不同，是个活泼开朗的中学生。"

那之后，大室先生有一段时间没再见到过里惠。

"一天，店里的防盗铃响了，我就去追那个刚走出去的女孩子。'防盗铃响了，能给我看一下包里的东西吗？'我这样跟那个女孩子说，可她的反应却跟别人不一样，像是听不懂我说的话。这时，我就发现她听不见，认出她是以前常来店里的那个中学生。"

不过，此时的里惠，样子与之前已截然不同。

"以前是那么活泼的一个人，现在却是没有一点朝气，死气沉沉的。从没见她那样过。往日里那个快活的孩子完全不见了。我心里挺担心的，于是就在等警察来的时候，跟她谈了谈。"

之后，他得知里惠不去上学，也不常回家。

"看她那个样子，我怎么也放不下心来，于是又顺势问她愿不愿意来打工。那些在这儿干了很久的老店员们都很不安，问我：'为什么特意雇一个小偷，而且她还听不见声音？'这时，我想起自己像她那么大时，也常常干坏事，后来是得到了大人们的帮助，这才改变了的。在他们的支持下，我还有了自己的店。我一直想着要报答社会，现在不就是机会吗？就这样，我怎么也不能看着里惠那样下去不管。"

之后，他还跟赶来的警官求情，说偷东西的事就算了，希望能让离家出走的里惠回到家里去。

"后来，里惠的父母一起来到店里跟我道歉。看他们的样子，我可以感觉到他们不知道该如何跟里惠相处，一筹莫展。这样，我就更不能袖手旁观了。几个月后，里惠她来店里打工之前，她哥哥当时还是高中生，还特地跑来拜托我照顾妹妹。"

里惠来后很快就和曾经反对她来店里的其他营业员们融入到了一起，渐渐熟悉了店里的工作。

"她能不能好好干，说真的，一开始我也挺担心的。不过，她一来就干得很努力。稍熟些的人，她都会满面笑容地跟人打招呼。正是她这份亲切，让周围人感到温暖吧。不只是我们店里的人，附近店里的也都对她评价很好，而且客人中还有男孩子就冲着她来。她可受欢迎了。"

和完全恢复了笑容的里惠一起工作，大室先生说他自己也很开心。

"里惠除了耳朵听不见，别的和其他年轻店员没有什么不同。有时她睡过头来晚了，我也不会袒护她，会和批评大家一样批评她。"

里惠还常常会讲起她的梦想。

"我想去接受针对残疾人的职业训练，然后能和健全人一起，而不是在一个封闭的小世界里工作。"

是大室先生为里惠的这个梦想搭起了踏板，可他却对自己建议里惠从事待客服务行业而有些后悔。

"里惠来店打工后大概过了两年，服装店因为经营问题关门了。要是能让她一直在我店里干就好了……有时我会想：里惠她现在干了公关那行，是不是因为我把她领进了待客服务行业的关系呢？如果我不叫她干服务业，说不定她会找份和其他听力残疾人一样的工作，就那样也算幸福地过一生呢。"

第 4 章　笔谈女公关的诞生

1 高中退学→初涉公关业

16岁的我,最终还是从高中退了学。我曾开开心心工作过的那家服装店也没了,我不得不另找工作。我对服饰、美容有兴趣,也很想还能像以前那样,从事每天接待客人的服务业,所以又在美容沙龙找了份工作。

好不容易找到的在美容沙龙的工作,我却只干了两年。前后一共在两家店里干过,可两家都是一样,都是乱向客人推销昂贵的化妆品,让客人不断消费高额服务套餐,结果客人不得不为此支付巨额账单,这一切都让我难以忍受。

刚开始干的时候,我并不知道是这样的店,还拉着朋友,还有他们的妈妈来沙龙做美容。

"真舒服。"

每当听到他们这么说,我都会很高兴,于是就更起劲儿地把朋友们叫来。可不久就传出了流言。

"里惠她利用朋友赚钱。"

有人这样说我。

"是不是哪儿不对劲啊?"

我这才发觉:推销高价化妆品,一次次把熟人拉来沙龙,这种待客、营业方法有问题。自己竟幼稚到这种地步,让我自己都难以相信。可我当时还只有十几岁,之前也只是生活在一个被善良人所包围着的狭小世界。由于这次经历,我逃离了美容的世界。

然而,我没有时间消沉。因为依旧与父母不睦的我,不工作就没有生活费。做过了服装店店员、美容师,接下来做什么好呢? 我为此很是烦恼。虽然自己喜欢服务业,但究竟自己能干什么呢? 我不断摸索着。

就在四处寻找工作期间,我通过熟人介绍认识了一位在青森闹市区的一家俱乐部负责的妈妈桑,她问我愿不愿意到她店里去工作。这之前我根本没有想到做公关小姐,因而颇为犹豫,另外也担心自己干不了。听不见声音的我能招待好客人吗? 我很是烦恼。

"不干怎么会知道?"

思前想后,我终于下定决心去挑战一下。

母亲得知我要去干公关小姐,这样问我:

"你听不见,能接客吗?"

周围一定也有很多人抱有同样的想法,可我还是决定去新世界闯一闯。

最初,我根本不了解公关小姐是做什么工作的。从如何调制威士忌,到如何递湿毛巾,如何点烟,这一切接客业的基本知识,我都是在那家店里学会的。

我这个听不见声音的人接客方式大抵如此。落座后,要先向客人问候。

"里惠她耳朵听不见,请多关照。"

先由同席的其他女孩子帮我做一下说明,然后,我会最大限度地展露出我的笑容,向客人问好。

"请多关照。"

只有在最初问候时我才出声讲话,可令人难过的是,我说的话还是吐字不清,客人根本听不懂,又加上店里乱哄哄的,还播放着背景音乐,响着卡拉OK。

就这样,我拿出藏在包里的我的"伙伴"——手掌大小的笔记本、钢笔,与客人开始笔谈。

　　或许会有人嫌一字一字地写麻烦,可有时那张小纸片会成为一纸情书,或是成为在场客人们、女孩子们轮番落笔、相互传阅的交换日记,可以很方便地活跃气氛。

　　这是某一天客人与女孩子们的笔谈内容。

　　那位客人,这里称他为 A 先生,是其中一个女孩子的客人,我和另外几个女孩子则在旁边陪席。先是为主的那个女孩子按惯例把我介绍给客人,我也打过招呼,之后一位客人和五位女孩子的笔谈就开始了。

　　因为是笔谈,客人也会更大胆些,那天我们说到了 H①。

　　客人:大家都喜欢怎样的 H?

　　女孩 A:H 是什么?

　　女孩 B:我妈说 H 是个很棒的东西。

　　女孩 C:H 好吃吗?

　　女孩 D:在哪儿能买到?

　　我:字母表的顺序和恋爱的顺序可是不一样的,我们先说说它旁边的 I②吧。我可不跟没有 I 的人谈论 H。(笑)

　　还有过以下交谈。

　　那是我第一次接待客人 C 先生和 D 先生的时候。

　　C 先生:里惠你觉得 D 先生他怎么样? 是你喜欢的类型吗?

　　我:哎呀! 看出来了吗? 我特别喜欢 D 先生这种类型。我的心一直在怦怦跳呢。

---

① 日语中代表"做爱"。
② 与日语中的"爱"同音。

C 先生:D 先生他挺着大肚子,不要紧吗?

接着他画了一个和 D 先生一模一样挺着大肚子的男人。画得实在太传神了,我和其他女孩子都觉得好笑。

我:不要紧,没有病就行。

C 先生:有严重的口臭,也不要紧吗?

这一次,他又画了一个嘴里喷着臭气的男人。这下满场更是笑成一团。

我:不要紧,可以治。

C 先生:有狐臭,也不要紧吗?

这次,他又画了一个腋下散发着恶臭的男人。看完,大家止不住地笑。

我画了幅自己的脸,写道:其实,我也有脚臭,不要紧的。

全场爆笑。

就像这样,笔谈有的并不只是麻烦,那些言语难以表达清楚的东西如果使用文字或漫画形式表现,反而会成为笑点。能有如此效果,都要归功于笔谈,归功于笔记本。如果以上谈话是我和 C 先生像正常人那样交谈的话,大家一定不会如此大笑的。

刚开始,我也有不安,不知道客人会不会接受笔谈。当然,即便现在也不是所有客人都能接受这种方式。但在我实际做了公关之后,发现笔谈拥有其他方式无法比拟的优点。

"要最大限度地发挥笔谈的优势。"

这正是耳不能闻的我作为公关小姐要获得成功的唯一道路。

2 与资深女公关的对决

自从我 19 岁初涉公关这一行后，经历过各种各样的事情。其中自然也有许多快乐，但毕竟是在女人堆里，公关们之间会有许多矛盾。

"就是跟她合不来。"

"她太狂了。"

矛盾就始于这些琐碎事。

然后渐渐升级到"抢了客人"之类。

我也与其他女孩子有过几次争执。那大都发生在我在青森干公关的时候。

一天，来了一位总是指名要我的重要客人。陪在助手席的是 A 小姐，她当时 30 多岁，无论年龄还是做公关这一行的资历，都远在我之上，是我的老前辈。她从落座开始就表现出明显的不悦，既不招呼客人，说话也心不在焉，烟灰缸里堆了烟灰，也视而不见。我忍了一会儿，后来实在看不下去了，让她帮忙换一个新烟灰缸来。

"你自己换吧。"

A 小姐一边做着手势，一边扔给我这样一句话。我听懂了她的意思，尽量保持平静地向她写道：

"烟灰缸我够不到，所以才拜托你。在重要客人面前别这样。"

当时，公关这一行我已经渐渐干熟了，客人也多起来，甚至比早于我来店里干的 A 小姐业绩还要好。我想，这一定让她感到了不快。业绩竟还比不上听不见声音的我，这是她作为一个资深公关的自尊心所不能允许的。

客人走后，她立刻把我叫到了内店。一开口，就是恶语相向。

"里惠，你刚才什么态度？"

我也不是个能压得住火的。

"你在我重要客人面前，跟我过不去。"

我一直忍耐着，可打一开始起心里就憋着一股火，这时再也忍不住，回敬她。吵架时，用不了笔谈，我只能发出不成调的声音。

"我自己不能动，所以才拜托你换烟灰缸的。你却在客人面前那个态度，不觉得丢脸吗？"

听完我的话，她的脸上浮现出一脸鄙夷的笑容。

"你在说什么，我根本听不懂。"

她拿我的残疾来嘲笑我，脸上挂着胜利者得意的微笑。她那副神情还有带给我的屈辱，我至今仍忘不了。那时正值我踏入公关业之后不久，第一次对听不见声音的不自由有了深切感受。

"对于我来说，听不见是很正常的。"

曾经，我一直这样认为，可那时的我越是努力地工作，就越是感到听不见所带给我的限制。

如果是我和客人一对一的话，交流还可以通过笔谈顺利进行，可要是有多位客人，旁边再加上几个女孩子的话，我就常常应接不暇，不能完全理解大家所说的话。这样的状况出现过很多次。

A小姐她或许是敏感地察觉到了我的烦恼。我不知道怎样去反击她，只是无声地瞪视着她。她哼着歌得意洋洋地走开了。

之后，我们之间再没有缓和过。不仅如此，情况反而越发恶化。

"我不想跟里惠一起干。"

　　她总是这么跟店里的妈妈桑说。来了我的客人，她也不会再陪席。

　　妈妈桑夹在资深的她与业绩好的我之间左右为难，她放心不下，多次问过我情况如何。可那家店的状况已经完全让我感到厌倦，最终我下了决心要辞职。

　　"终于把里惠给赶走了！"

　　她一定会这么想吧。可这对于决心辞职的我来说，已经无足轻重了。

　　辞职后，有时我会偶尔在街上碰到 A 小姐，跟她打招呼，她也只是瞅我一眼，冷冷地回应一句就把脸扭开了。她的态度最终还是没有软化。

　　可我却要感激能遇到她，因为是她，让我做出了一个决定。

　　"要更用心去磨练笔谈技术，要成为不输给听得见声音的人的一流女公关，直到有一天成为大家眼中的'日本第一笔谈女公关'为止……"

3　遭遇客人尾随

俱乐部原本是为客人提供享乐的场所，与客人发生纠纷，这意味着作为公关的不成熟，是件很丢脸的事情。可是我在刚工作不久的那段日子里，曾与客人发生过几次矛盾。

那是在青森工作期间，有位客人不断对我说想跟我交往，而我从一开始就没有那种想法，可他是我的一位重要客人，几乎每天都会来店里，所以我也不能对他太决绝，只能一次次婉拒他。

不料，他态度却渐渐起了变化。

"我送你回去吧。"

对此，我屡次拒绝，可有一天打烊后，当我从店里走出来时，他却等在那里。

"今天我还另有约，不用您送，谢谢。"

说完，我就想坐进出租车里，他却抓住我的胳膊，想把我硬拉进他的车里。每天都像这样，终于有一天晚上，我大声叫起来。

"放手！以后别再到店里来了！"

听到我大声喊叫，他一脸愕然。我不知道我发出的声音他确实听懂了没有，但我对他的拒绝，我想他是很清楚的了。

第二天，那位客人若无其事地又来到店里。我心情很复杂，可在店里还是尽力地招待了他。打烊后，走出店外，他依然等在那里。不过像是心怀戒备的我让他感到扫兴，那天他就那样淡淡地退下了。

"还是跟他说清楚了的好。"

我坐上出租车,松了一口气。

不想几天后,我没有班,在家休息,突然手机上收到那位客人发来的一条短信。

"你车停在外面,是在家吧? 在干什么呢?"

我脸色一下子青了,因为我没有告诉过他我的住址,一定是他趁我不注意跟踪我回家的。

幸好我是和家人住在一起,因而并没有受到什么伤害,也再没有什么更恐怖的记忆。之后,我依然继续着对他的回绝,态度温和却也不给他可乘之机,让他冷静下来,但也避免刺激他。大概这招奏了效,那之后,他再没有在我家门前出现过,也再没有不停纠缠我。自然,来店里的次数也明显减少了,可我对此也无可奈何。因为那时候的我还远远没有掌握作为公关所必须具备的一条技巧:即使成为不了恋人,也能与客人维持好工作上的关系。如果是更优秀的公关的话,也不会把客人逼到做出那样的举动吧。

这件事情上我如此笨拙的处理,也证明了自己实力上的不足。我所为之奋斗的要成为一流公关的道路,还很曲折漫长。

4 俱乐部妈妈桑设下的强奸圈套

那时我刚做公关这一行没多久,也就 20 岁吧,我还在青森的一家店里工作。工作上我也渐渐干熟了,干得开心是开心,可也有些事情让我为之担忧,那就是店里妈妈桑的言行。

"休息的时候,不妨和客人去开个房。睡一两次也少不了什么,怕什么!"

那种话,她却总是若无其事地在我和其他女孩跟前说。自然,公关这一行卖的是真心还有酒,并不出卖身体,我也是绝不会做那种事的,因而,对她的话我只当做玩笑来听。

妈妈桑是笑着说那话的,可她眼里却没有笑意,这不觉让我有些不安。

一天,来了一位总是指名要我的客人。以前他就多次对我提出过那种要求。

"我今天都订好房间了,想跟里惠你一起过一晚。"

如果是现在,客人在店里对我说出这样的话,我自有办法巧妙地回绝他。然而,那时还只是个新手的我,完全不知如何应对才好。于是,我装作去洗手间,偷偷跑去问妈妈桑该怎么答复他。

"就说痛经,身体不舒服,再说明天还要起早,对不起。"

虽然我觉得这样回答有些古怪,但还是照着商量好的回复了客人。

"*对不起,痛经痛得很厉害……*"

我还没写完,妈妈桑就笑嘻嘻地说出了一句令人大跌眼镜的话来。

"里惠说她来例假了,那今天不是就不用避孕了吗?"

我窘在那里,一个劲儿朝她使眼色,向她求救,可她却丝毫不加理会,还硬把满心不愿意的我和客人一起送到店外。

那位客人像是预先用心做了准备,说不定事前也知会了妈妈桑,跟她商量好了。宾馆房间里点着许多蜡烛,营造出一派浪漫的氛围。可在我看来,那却像是地狱之火。我从心底里感到了恐惧,脑海里只有一个念头不停转过,那就是怎样才能从这里逃出去呢?

"我买来了你喜欢的红酒。"

在到达宾馆之前,那位客人这样对我说过。那时他举止还很绅士,可现在呼吸开始变得急促,已经丧失了一半的理智。一进房间,他就顺势从背后搂住我。我不能通过声响来感知周围情形,看不到他,就不知道会发生些什么。于是我慌忙转过身去,这时,他猛然紧紧抱住我,要强吻我。在这千钧一发之际,我扭过脸,推开他,总算避免了被吻中。

几乎陷入混乱的我跟他做手势说想喝点他准备的红酒,以便争取点时间好想办法。

"怎么办? 怎么办呢?"

之前的我一直强作着笑脸,现在喝着酒,脑海里只有这句话在不停闪过,却想不出一个好主意来。

酒喝得差不多了,客人一脸不耐烦地凑了上来。他慢慢伸出两只手,开始在我的胸部乱摸。这样让他把我按倒的话,我力气没他大,斗不过他,一定逃不掉。想到这里的一瞬间,我身体下意识行动起来,猛地把客人撞飞了出去。

"我要回去了!"

我用不成语调的刺耳的声音大叫着,拼尽全力向门口跑去,也没有时间回头确认一下情形。

客人被我撞了出去,又突然听到不常开口说话的我大声叫喊,一定是不曾防备。他也没有追来,我就这样成功从房间逃脱了。

当出租车载着我一个人驶离宾馆的那一瞬间,我终于真切地感觉到:自己得救了!

那天晚上所发生的事,让总是很开朗的我也深受打击。

"再不想遇到这种危险了。"

今后如何继续在公关这一行干下去,我完全失去了自信。

不料第二天一早,妈妈桑就给我发来一封恶魔般的短信声讨我。

"你怎么对客人那么失礼!"

看到如此短信,我顿时醒悟到不能在这家店里久留了。妈妈桑平素里所说的话,并不是玩笑。

可我是个公关,完全无意牺牲自己的身体去赚钱。

"赶快再找一份工作,不在这里干了。"

我下定了决心。

然而,还没等我找好下一份工作,事态就急剧恶化了。

5 坏妈妈桑的嫉妒？

对于在俱乐部工作的女孩来说，店里的妈妈桑是她们的姐妹，是前辈，是绝对的存在，但其中也会遇到令人难以尊敬的妈妈桑。

"去旅馆开房，去陪客人睡觉，来提高营业额。"

敢讲出这种惊人之语的，就是上面所说的那位妈妈桑。

我刚开始在那家店里干的时候，她对我很热情。不过或许那只是因为耳聋的公关比较稀奇的缘故，与为了揽客而从遥远的中国邀请来的熊猫无异。

而我很感激她不计较我身有残疾让我在这里工作，因此也尽心尽力地工作着。

公关这一行，付出努力，就会得到相应的回报，即取得高营业额。这对于不能听见声音而靠笔谈的我也同样适用。

因为我比别人有缺陷，因而我付出比别人更多的努力让客人点名叫我。我不断磨练自己的笔谈技巧，以便能使笔写下动人的词句，不但如此，即便坐在助手席上，我也是打起百倍精神用笑容迎接客人。只要是想到的或是能做的，我都做了。

在我如此的努力之下，我的业绩慢慢有了提高。而这时，原本亲切的妈妈桑态度却变了。她像是不太满意我所做的，开始对我挑起刺来。

"里惠抢了我的客人。"

她竟当着客人的面，毫不在意地这样说我。我没有抢过她的客人，更何况面前还有别的客人，我真不知道该如何回答她才好。

"我没做过那种事。"

我半开玩笑地笑着，使劲儿把纸条展示给妈妈桑和客人看。可是妈妈桑的找茬,渐渐不再局限于言语。有一次,甚至就在客人面前,她把一只只烟灰缸朝我扔过来,还猛力抓住我的头发。客人都给吓坏了。

"里惠你不要紧吧?"

座位上的客人连忙帮着把妈妈桑给拉走了。

"你抢我客人!"

那之后,这句话仿佛成了她的口头禅,不知被她重复说了多少遍。我彻底被她弄烦了,写给她:**"请不要再说了!"**

当然我是在没有客人的地方写给她看的。可她看后只是嗤的一笑,就走开了,而事态却没有得到一点儿改善。

还有一次,我的手机被她私自拿走了。一天,我下班回家时,发现手机不见了,可我来店里时的确是带着手机的,我到处寻找,还是没有找到。无奈,那天我就那么回去了。第二天白天,我又去店里寻找。妈妈桑给过我店里的钥匙,所以我可以自由出入店里。可仍然没有找到。

"不可能的。"

这件事让我怎样想都觉得奇怪。当天晚上我去店里上班时,妈妈桑却若无其事地跟我说:

"你手机在桌上放着呢。"

看来是她把我手机拿走了。想必是对我和客人们之间联系的短信一一做了检查吧。

我心里很不痛快,不过即便她看了我的短信,我也没做过什么亏心事。我咽下对她的抗议,只是向她道了谢,拿回了手机。

之后不久的一天晚上,我的一位客人又像往常一样来到店里。他看起来疲惫不堪,来店后一直睡了有30分钟,然后就到了关店时间,于是我叫起他,请他结账。他看着账单明细一下子火了。我不明缘由，于是就问他怎么了。

"我睡着的时候，随便叫了那么多瓶唐培里侬①，真是太过分了！"

他口中所说的"唐培里侬"，不用多说都知道是法国的高级香槟。我听后自然很是惊讶，因为我不记得自己叫过或是喝过香槟。我想一定是算错账了。

这时妈妈桑走过来，跟客人说了些什么。客人听后，一副无可奈何的神情对我说：

"要是里惠你想喝的话，也不是不行。"

他像是误会酒是我喝了。妈妈桑在一旁示意我什么也不要说。虽然觉得很是抱歉，可我什么也不能做，只是向客人深深地道歉，然后送走了他。

"这是怎么回事？"

我想不通，关店后追问妈妈桑。

"哎呀，什么事？快陪客人去！"

她丝毫没有搭理我，就那么回去了。

最初，也并不只是我一个人受到她额外的欺负。我想，我所遭遇到的其实和其他女孩子是一样的。

妈妈桑她就是那种喜欢说别人坏话，喜欢炫耀自己的不幸的人。她也经常会在客人面前散布些无中生有的流言。

黑的东西，她要说是白的，店里的女孩子就得说是白的。认真的女孩子，不是没法儿跟着她干，就是干得很辛苦，于是纷纷辞职。而我还只是这一行刚起步的新手，还担心着会失去工作。

"装聋！"

---

① 法国香槟品牌。

妈妈桑那蛮不讲理的言行举止中，始终流露出这样的态度。

有时我也会克制不住，看到让我太难以接受、太不讲理的事，我就会反驳她。

一定是我这样的态度让她看不顺眼了，于是，不知不觉间，她明显表现出了对我的厌恶。几乎每天她都会跟人打电话，在电话中造我的谣。这都成了她每天的功课了。真是病态。听电话的人也都觉得她很奇怪。

"妈妈桑她说你的坏话呢。你要当心啊。"

经常会有接到过电话的客人事后悄悄把这些告诉我。周围人都很清楚妈妈桑的为人，因而还好并没有人说我不好。可她老这样一直说我坏话，我还是受不了。

"赶紧找好下一家店，不在这里干了！"

再加上有前面的旅馆骚动，我决定尽早辞职。虽然还没有找到下一份工作，但辞了那家店，与妈妈桑诀别的日子转眼间就来到了。

有一天关店后，我正在清洗烟灰缸，妈妈桑吩咐我去倒卫生间的垃圾。我随口回答了一句：

"我待会儿就去，先等等。"

因为烟灰缸马上就洗好了。我根本没想要反抗她，可她却一下子火了，揪住我的头发使劲拽。

"我叫你做的就得赶紧去做！"

她这样说着。周围女孩子都一脸愕然，不知她嘴里还骂了些什么难听的。

当时也有女孩子闲着没事，她对我的态度显然是在找茬。想起这之前的许多事，我终于忍无可忍爆发了。

我从包里拿出她给的店里的钥匙，猛地朝她扔了过去。妈妈桑她也竟被我吓呆了。紧接着我又大声叫喊起来。我在气头上,自然不是用笔谈,而是用依旧怪里怪气的音调,不过这一切我都不在乎了。

"我不会再来了!我辞职了!"

我终于得以一吐胸中的闷气。

离开这家店之后我才知道,妈妈桑对客人这样说我:

"里惠她就是靠勾引客人,陪客人睡觉才把客人拉来店里的。和她发生关系OK。"

就是因为她背地里那么说我,才会发生那次旅馆事件的吧。主谋是她。

自打那天以后,我再没有踏进那家俱乐部一步。可她对我的中伤并没有完全终止。

我在那家店里结识的客人有好多都跟随我去了新的那家店,而且对于我跳槽的举动,他们都很支持。在新的地方,我也是尽心招待他们,让他们满意。

"虽然那个妈妈桑老是说我坏话,可也有很多人理解我。"

客人对我温暖的鼓励,让我很是感动。但对于妈妈桑来说,这是完全不能容忍的事。

"你把我们的客人拐跑了!"

偶尔一次见到她时,她开口就对我这么说。

"客人选择哪家店,是客人的自由。"

我已经没有需要忍耐的理由了,于是在本子上清晰地写下这行大字递给了她。

大概又加上了这件事,那之后,妈妈桑对我的攻击也波及了我身边的人。

她背着我把我父母叫出来,无中生有地向他们胡说一通。父母原本就不赞成我从事陪客这一行,听了她的话,想必更是为我担心,为我心痛吧。

她现在还在继续造我的谣。

"里惠她跟父母要钱,供男人花。她父母跟她吃了好多苦。"

"里惠她在东京做妓女。"

形形色色的传言,写都写不完。好多年都没和她见过面了,真难得她还有这么多我的消息。

谣言也传到了我朋友们的耳朵里,好多朋友都很吃惊地来向我求证:

"里惠你现在干什么工作?"

也让朋友们为我担心了。不过我最放心不下的还是父母,自从我做了公关这一行,让他们跟着操了很多心,把他们也卷入到了是非之中。对他们,我真是满怀歉疚。现在我远离家乡,对谣言不能一一澄清。

"请不要相信谣言,请相信我!"

我只希望人们能获知真相。

之后青森传来风闻,说是那位妈妈桑有些经济问题,俱乐部的经营状况很不妙。

经历过这么许多,其中也并非尽是坏事。

"不要说人坏话。"

"要做值得别人信赖的人。"

那个坏妈妈桑成为我的反面教材,让我从与她的纷争中学到了一些重要人生哲理。

6 陪客业和我

刚开始在青森的俱乐部里干的时候,我完全不懂陪客这一行。怎样才能吸引客人来,怎样才能让客人高兴……这些我都一窍不通。我是先从模仿周围女孩子的行为开始的。

"陪客这一行,不适合我。"

即便现在,我还是这样认为,而刚开始时,每次去上班,我都会有这样的想法。

当有客人摸我的时候,

"请别碰我。"

当有客人醉了,纠缠着我对我说:

"我喜欢你,咱们交往吧。"

"您我不能接受。"

就像这样,我会一字一字清清楚楚地写下来给客人看。说我这是一本正经,倒不如说是作为公关的失职更恰当些。

我在某家俱乐部里干的时候,那里的妈妈桑看我这样,对我说:

"里惠,因为受宠而烦恼,这就是公关最好的时候啊。"

那时的我,还正20岁上下,公关这一行也正干得有声有色,还不能领会那位妈妈桑话中的真正含义。而如今25岁,在银座工作的我,已很能体会其中意味。

20岁出头时,只要坐在一旁微笑,就会得到客人的垂青,客人会觉得你纯真可爱。然而公关的世界,每天都会有年轻乖巧的女孩子加入。已经25

岁,陪客历史已迎来第五个年头的我,早已是失去新鲜感的旧人了。

不过相应的,我也拥有了旧人才具备的技巧。

我终于自信自己能干好公关这一行,是在青森一家名叫"RION"的俱乐部里工作的时候。那里的妈妈桑她曾在银座做过公关,人很稳重,很照顾别人。妈妈桑里也有很多种。

我向她提出想在"RION"工作时,她没有犹豫,立刻痛快地接纳了我。对此,我的那份欣喜与感激至今难忘。

我开始在那里工作后,几乎每天都能得到她的教诲,跟她学习该如何做好公关。

我的工作热情得到了她的赞赏。当她自己的客人或是店里的常客来时,她会让我作陪,让我在近处观察她如何接客,学习怎样招待客人,学习公关行业的技巧。

公关这一行,并没有什么守则规定"什么事绝对不能做",而是要求通过察言观色,敏感地体察客人的所需。

对于想要谈情说爱的客人,就要扮成他的恋人;对于想痛痛快快喝酒的客人,就要会用有趣的话题制造气氛;对于那些为招待客户而来的,就要以他带来的那位客户为中心,博得客户的欢心……我跟着那位妈妈桑一点点学会了这种种公关小姐所必备的最为基础的东西。

"要站在客人的角度,向他们提供他们所需的东西。"

我把领悟到的这一接客的基本常识也应用在了笔谈上面。

对于那些想谈情说爱的客人,我会像写情书那样,用词力求亲密,有时会画上一幅可爱的插图,或者在纸上画满心形图案……对于那些来找乐的客人，我会收集近期的趣闻轶事，以作谈资，或是就客人感兴趣的内容预先做好调查，以此活跃气氛。对于那些为招待客户而来的客人，我会和在坐的女孩子们互相协助，不是有人和那位客户搭话，就是我去跟他笔谈，做到不让那位客户受冷落。

笔谈，原本只是一种方式，然而在我的用心之下，却得以让我与人做更深层的交流。另外，我也渐渐明白客人在想些什么，他们希望得到怎样的服务。

在我的努力下，我的公关技巧有了长足的进步，成效也很卓著。指名要我的客人越来越多，薪水也随之涨起来。

"耳聋的我，只要付出努力，也会有成效的。"

我为此欣喜不已，工作也越发投入了。

"里惠听不见，可总是这么拼命地干。"

我只是做了份内的事，却有客人给予我这样格外的鼓励。其中的第一人，是在青森经营房屋建筑的 H 先生。从我进入"RION"工作的那天起，他就一直很疼爱我。他不仅来店时指名叫我作陪，还教我从头开始学打高尔夫球，甚至带我去参加过高尔夫球赛。他还给我介绍了许多新的客人，简直就像是我的福神一样。

如此渐渐地，支持我的客人越来越多，因此，我的营业额也日渐增长起来。

数月后，我的营业额竟然上升到仅次于妈妈桑的第二位了。

"或许我也能干好公关。"

听不见也不要紧。公关这一行是只要付出努力，就会有回报的。我渐渐爱上了这一行。

我也愈发坚定了自己的决心：要更加努力，争取成为一流女公关，成为日本第一的笔谈女公关。

7 与 A 老师的重逢

在青森的俱乐部工作的时候，我意外地遇到了一个人。

"你被神拿走了听力。"

他就是小学时对我说过这话的 A 老师。他并不知道我在那家俱乐部工作，只是跟朋友来的。

那天，因为另有一桌指名，我主要是在那桌服务。

"那个人怎么老是盯着我看……"

那个人正是 A 老师。他从我接客的情形看出我耳朵听不见，认出了我。于是，就那样在自己的座位上肆无忌惮地盯着我看。

而我一开始并没有认出他来。

在我人生中，A 老师位列让我难忘的人物之中的第一等级。小学毕业后，我就把那份痛苦的记忆封藏在了内心的最深处，因而，虽然觉察到他在看我，我却没有把那张脸与记忆联系起来。

"是我认识的人吗？"

带 A 老师来的是店里的常客，我与他曾多次见过面。或许是我在助手席作陪的时候，曾经见过这位谜一样的客人。我拼命在记忆中搜寻着。

可我只是个小公关，不会那么轻易地忘记曾经与之交谈过的客人的容貌。

"究竟是哪位呢？"

面对向我投来的毫不避讳的目光，我略带着困惑继续和自己的客人交谈着。

令人意外的是,过了不久,服务生示意我那位视线的主人指名叫我。这让我始料不及,完全慌了神。

"究竟是哪位呢?"

不可能到了客人面前再那么失礼地去问他。我绞尽脑汁回忆着,走到了他们那一桌。

来到桌边的一瞬间,我想起来了:面前的这位,正是 A 老师!

"知道我是谁吗?"

他依旧以方才那种蔑视的目光看着我。我脑海里又重新记起了那个噩梦,心突突乱跳,表情也僵硬起来。然而,我已经不再是那个柔弱的小学生了,我脸上露出职业性的微笑,昂然挺起胸,飞快写道:

"当然知道。A 老师,久违了!"

得知我认得他,他脸上立刻浮现出得意的神情,向周围人说起与我的关系。

"里惠你也长大成人了,不错啊。"

他全然以恩师自居。

"他不会是不记得自己曾做过些什么了吧?"

我内心不禁愕然,脸上却还是带着一副完美的职业性笑容应对。

"托您的福,谢谢您。"

我不愿别人对自己的事刨根问底,所以转换了话题。

"老师您现在还在继续教书吗?"

想不到他给了我一个意外的回答。

"我辞职了。"

听他说不再做老师了,我稍稍松了口气,再也不会有孩子像我一样受到心灵上的伤害了。

听他又说，他在做小学教师的时候，就有意另谋职业，可那份工作需要积累人生历练，所以无奈之下他才在小学做教员。

"？？？"

我听不懂他在说什么。

"你被神拿走了听力。"

不会是因为他的人生历练，我才要受他那终生让我难以忘怀的粗暴的谩骂吧。这些无稽之谈我真是听不下去了，可他又得意洋洋地在我本子上写起来。

"教师时代，是我人生修行的一个环节，所以我故意扮演了坏人的角色。"

如果不是在俱乐部的话，我一定会大声叫嚷起来，好一泄积存多年的愤恨。

"扮演坏人的角色？别开玩笑了！别开玩笑了！别开玩笑了！"

可我是职业公关，不能把个人小时候的私事拿来在职场上发泄，于是我强按下自己的情绪，换上职业笑容，猛地挺直腰坐好。

看到我不像小学时那么反抗他，而是一脸笑意，他越发说得起劲起来。

"你耳聋，可悟性一定强过正常的人。你可以用不同于正常人的视角观察、思考，所以不妨去学学心理学什么的。我想一定会适合你的。"

你这个人，了解我些什么？要学，你去学！我心里这样想。难道他一点都没有考虑过或是想象过我的心情吗？

"我只是听不见声音，我也是正常的人！能说出这种言辞的人，竟然当过小学老师，真是令人难以置信！……"

A老师那么恶俗的言语让我很是震惊，我不愿再在本子上写下去了。

"里惠，A老师是位怎样的老师啊？"

我正不知道该回答A老师些什么才好，这时，同桌的女孩子加入了我们的谈话，真想对提起这个话题的女孩子道声谢。

"当然是位好老师啦。"

我飞快地写好答案，展示给全桌的人看。A 老师他更是大悦。

"我说谎呢。这家伙，最差劲了！臭老师！"

趁 A 老师不注意，我又偷偷另写了一张纸条，把它悄悄递给同桌的女孩子。那天和我一桌的那个女孩子跟我很要好，也很了解我。她知道我平日里是绝对不会说客人坏话的，看到那张纸条后，她觉察到了一切。

于是那天，那个女孩子为 A 老师调制的威士忌，不是淡而无味，就是浓得无法下咽。他喝酒的时候，一会儿被呛到，一会儿又表情古怪。我看了，不禁在心中大笑，同时也很感激那个女孩子巧妙的攻击。

结果是我没有必要再多说，而 A 老师他则高高兴兴地离开了。事隔八年的重逢，就这样仅仅以给他呈上难喝的威士忌作为小小的报复，落下了帷幕。

回到家中的我，那一夜，泪水没有停过。

但是，没关系。我不会因为无聊的人强加给我的过去而受到伤害。

"要相信自己的可能，向前走。去东京工作。"

我这样下定了决心。

【专栏】

"也有好多男人,当他们看到她耳朵不好,就自以为能利用她的这一弱点把她追到手,于是对她提出那种露骨的要求。"

——"RION"妈妈桑　佐藤纯子

"RION"是里惠在青森时期工作过的俱乐部之一,她跟那里的店主纯子妈妈关系很亲密。在此就其当时的工作状况进行了采访。

"她是那种不跟人商量自己猛往前跑的人,直性子,听不进别人的话。我常常埋怨她太拼命了。"

妈妈桑笑道。她还说,一起工作那么久,她能感受到藏在里惠内心那种坚定的意志,还有强烈的怒气。

"要是有她想不通的事,即使对方是我,她也会顶撞。我想,可能是她通过发火这种方式来发泄听不见声音带给她的焦躁情绪吧。"

正因为如此,工作上她有比别人加倍的热情。

"说实话,也有人背地里说'里惠听不见,客人觉得稀奇这才来找她的'。不过当我看到眼前的里惠每天都会给客人发几十条短信,拼命用笔谈接客,就觉得没必要和那些乱说话的人计较了。他们只是看到里惠红,眼热罢了。"

她又说,嫉妒、眼红有许多表现形式。

"他们故意在里惠跟前嘀嘀咕咕的。只要这么一来,里惠她不是就会想'我是不是做错什么了',而觉得不安吗?"

对于里惠太直性子的这一弱点,纯子妈妈她也看得很透彻。

"里惠是个美人,客人一开始可能会觉得她不好亲近。可也有好多男人,当他们看到她耳朵不好,就自以为能利用她的这一弱点把她追到手,于是对她提出那种露骨的要求。可她对那种要求，却不善推诿。如果客人老是那么露骨、那么蛮干，她就会直接朝客人发脾气。看起来她好像很坚强，其实是和普通人一样，她也有脆弱的部分，而那部分她只会通过发火的方式表现出来。可有些男人是越遭拒绝，反而越执著。作为公关，应该懂得这一点。"

私下里他们也会一起外出吃吃饭，纯子妈妈她与里惠就是如此亲近。她说，当听里惠说要到别家店去的时候，感觉就像要送走自己的孩子。

"她每天会给我发来好几条短信，征求我的意见，像是'那位客人说了些什么话，我该怎么办'之类的。她做事也很勤奋，在我眼中，是个很可爱的女孩子。当她告诉我想去别家店干的时候，我心里真很失落。不过，我又想，她也不可能就一直呆在我们店里，这样的话，还不如让她多去几家店经历经历，去看看更严酷的世界，这样对她也好。"

她说，她还以客人的身份去拜访过里惠后来去的那家俱乐部。

"正好有位客人去看里惠，也让我作陪了。看到她干得那么出色，感动得我从头一直哭到了尾，一直在说：'太好了！太好了！'"

她说，看到里惠如今在银座奋斗，觉得她真是成长了。

时隔多年,重访曾工作过的青森"RION"时的里惠。
与昔日同僚久别重逢。

【专栏】

"老是担心'里惠是不是给人骗了'、'她还好吧'。"

——齐藤里惠的父母

"一开始，她没跟我们说去做公关小姐了。晚上出门的时候，她说是'认识的人里有做公关小姐的，去照看那个人的孩子'，我们就信了。可她的借口没能维持多久。有人告诉我们里惠做了公关这一行，事情就这样露馅了。我们想，就算我们反对，她也不会就此不干，索性就默认了。自从给我们知道她做了公关，每次她去店里时，都会穿得花里胡哨的，就那么大摇大摆地去了。"

里惠母亲对当时的情形这样回忆道。

父母没有料到她会去做公关小姐，对此大为吃惊。"孩子耳朵听不见，怎么干陪酒这一行。我们想她肯定干不长，干不了。直到现在，我们还是想象不出她是怎么接客的。"

对于里惠在银座工作这件事，里惠母亲至今还是一副难以置信的表情。

父亲也是倍加担心。

"也有的店可能是觉得里惠耳朵不好，挺稀奇的，一开始捧着她，可要是她和店里其他人吵架了，或是和客人发生矛盾了，可能觉得和里惠说也说不通，就给我们打来电话抱怨。我们也不懂公关这一行，因为发生过几次这种事情，我们就老是担心'里惠是不是给人骗了'、'她还好吧'。"

第 5 章　我的笔谈术

1 寻找话题

　　本章将会具体为您介绍我是如何通过笔谈来招待客人的。和客人初次见面时,通常会收到对方的名片,就从名片中来寻找话题。

　　例如,假设客人在六本木工作。
　　"我也常去六本木吃饭喝酒。您知道哪家店好吗?"
　　像这样,先找一个客人比较容易切入的话题。

　　当然,有时也会就客人的工作进行询问。
　　"您是从事什么工作的?"
　　如果客人的姓氏比较少见,可以就他的家乡进行询问。
　　"您的姓,我是第一次见到,您祖籍哪里?"
　　仅此,话题还不能充分展开。
　　"我没去过○○。那里有什么好吃的吗?"
　　"要是去旅游的话,什么时候去好呢?"
　　重点就是要像这样通过询问对方家乡的特产等,使会话得以延续。

　　因为我使用的是笔谈,这与普通人说话相比,节奏要缓慢许多。但是来俱乐部的客人之中,以浅斟慢酌者居多,想是因此我的笔谈会话才能成立吧。

2 应当如何赞美

面对初次光临的客人时,公关们想的都是同一件事。

"怎样才能让客人再来?"

大家都是绞尽脑汁,向客人展示自己,调动客人的情绪。

"A 先生,您好帅!"

像这种肤浅的奉承,是不会抓住客人的心的。因为这种话,对什么人都适用。在写下赞美之词的时候,必须要明确,"我在赞美您个人"。

"手表好漂亮啊。"

这样说,只不过是夸了手表。

"您很有时尚眼光啊。"

这才是正确答案。

"这酒,真好喝!"

客人请你喝酒时,这样说也 NG①。

"您还知道这么好喝的酒,真是见识渊博。"

就像这样,我全部都是针对面前的客人自身来下笔。归根结底,一流公关要做到让客人他本人心情愉悦。

不过,其中也有客人会希望直接了当地夸他的所有品。

他们会抢先用上某名牌出的新包或什么稀有物品。如果名牌货上面带

①　No good。不好,失败。

着大大的商品标识的话,就绝对不会错。他们这种人希望通过名牌来炫耀自己的经济实力、时尚品位。

"B先生您的包是○○的新品吧?真酷!"

对那种客人,诀窍就是要直接赞美他的物品。从某种意义上来讲,那种客人很简单好懂,接待他们是件很轻松的活儿(笑)。

对于那样的客人,每当他们带来什么新产品的时候,都一定要对此称赞一番。

"○○,是限量版吧?我第一次见到呢。您真行!"

话写得越直白,对方就越高兴。

不过,这只是一部分客人。大多数的客人,即使夸赞他的物品,也不会得到他的好评。你一片好心夸他,"那又怎么样?"他却这么想你,那就反而适得其反了。

客人喜欢听到什么赞美,这因人而异。既不是照搬什么攻略就能抓住人心的,也没有什么定规。

能看透每一位客人,不着痕迹地说出巧妙的赞美之词,能做到这样,就可以算是作为公关又成长了一步。

3   说"带上我做'伴①'吧。"

做了公关小姐的女孩子,一定为一件事情烦恼过。

那就是"怎样才能和客人'结伴来店'呢?"

我并没有为此制定过什么特别计划,但店里有时也会要求一周内每天都"结伴来店",其中也有不少店有次数规定,"一个月必须几次结伴来店"。

我有时也会拜托常来的熟客,

"○号有事吗?"

"可以做我的伴吗?"

但这是例外中的例外。我这样拜托他,并不是因为担心能否完成"结伴来店"的定额,我的目的只是为了跟客人撒撒娇。

基本上,我绝对不会对客人使用"伴"这一词。如果客人认为你约他只是出于"伴"的目的,他会觉得很无趣的。

如果客人谈及曾去过的某家饭店,

"我也想去啊。"

我一定会这样写给他。这是初级请求"做伴"的方法。

"下次带你去。"

体贴的客人会这样回答。

"那我告诉你地址。"

也有难应付的客人会这样回答(笑)。就这么放弃可不行。如果是我,就

---

① 公关业中,指营业时间前与客人在店外用餐或购物之后一起结伴来店里。

一定会去那家饭店看看，然后把感想用短信发给客人，继续向客人试探。

　　夜晚的银座，是男人与女人的恋爱游戏场。客人也很享受与公关小姐之间的这种言语游戏。

　　"公关小姐也要在店外与客人见面，好赚点数。"

　　也有前辈这样告诉我。我会积极在俱乐部之外的地方与客人见面。这样做的本意并不只是为赚点数，也是为了加深与客人的感情。

　　下班时间之外，我也希望能够和您见面。

　　有时仅仅是这样的话语，就会快速拉近与客人的距离。

　　实际与客人一起用餐也具有同样效果。当然，在这一时间点，我是绝不会提出"做伴"的约定的。

　　而约会时的重点是要在气氛热烈，但还没有太过色情之前抽身离开。

　　今天谢谢您了！我们下次再见吧。

　　写完后，就及早离席。

　　"今天玩得很高兴，还想和你多待一会儿。"

　　如果能让客人产生这样的想法，那他一定会再来店里。

　　如果是在上班前，"去你们店里再喝一杯吧。"有时就会这样自然而然地演变为"做伴"。

　　总之，不能强行提出"做伴"的要求。

　　我也希望能跟您再多聊聊。

　　表达要充满诚意。

　　非工作时间里见面，是为了增进与客人的关系，让客人心系自己。

　　可是不能让客人产生误解，以为"她这个人，什么时候都能在店外见到"。

　　因而，一次约会过后，要与对方稍微保持些距离。

　　让客人追你，也是重要的男女游戏之一。

4 如何接近感觉无聊的客人

不太开心的客人之中也有很多类型。

初次光临的客人中，有这样一种人。

"花那么多钱来喝酒，可旁边陪着的却是个耳聋的公关。"

他们明显地一脸沮丧。对此，我也无可奈何，可要是连我也一起跟着垂头丧气，那就是作为公关的失职了。

这种时候，我会寻找各种话题与客人沟通，可也有客人会嫌看我的纸条、跟我笔谈麻烦。这类客人，是我的强敌。不过，对此我也备有几招笔谈公关的独家秘籍。

比如，四字成语猜谜。

"一□一□"

"可以填到□里的四字成语您知道多少？"

出这样一些题，让客人不得动笔，从而过渡到男女之间的笔谈。

还可以写一些难念的字，让客人猜怎么念。

"海星"

"外郎"

"丝瓜"

来高级俱乐部的人大多具有很高的文化修养，自尊心也很强，因而这招很容易奏效。

总之，只要客人能露出笑容，开怀畅饮，用什么方式方法都可以。

"哪天我也出本超级填字游戏来卖。"

最近，我甚至产生了这样的想法。

5 有时要佯装不知

您读过以银座公关小姐为主要人物之一的《不忠时刻》(有吉佐和子著)那本书吗?

"不就是那个故事嘛。"

因为这本书曾数次被拍成电视剧,我想一定也有很多人在电视上看到过。

我喜欢看书,这本书也是我的爱书之一。书中有一个情节,说的是客人打车送那个公关小姐回家,女孩对男人说他西装上有一块污渍,把他让进了自己家里。

一天,我的一位客人不知怎的想起《不忠时刻》中的这一部分。他想把书中情节讲给我听,于是我就假装没看过这本书,津津有味地听他讲述。

等他再次来的时候,我一开始就跟他写:

"那本《不忠时刻》那天我马上就找来看了。好有意思啊。"

告诉客人,正是为了他,才这么付出的,这是让客人感到开心的秘诀。

"下次我送你回家。"

客人嬉笑着模仿小说情节回答我。

"人家好紧张啊。弄点什么污渍好呢?"

我也附和着写道。

有时,公关需要佯装不知。俱乐部是我们的舞台,我们要像演员那样演好角色,哄客人开心。

6　对待疲惫的客人

疲惫的客人中，也分几类。

首先是那种疲惫神情中又面露充实的客人。

"有女朋友了?"

"有什么喜事?"

这样问他，看他的反应。要是看他想说，就以此为当天的首个话题追问他。

相反，对于那种表情疲惫晦暗的客人，则不能询问具体缘由。

"您绷着脸也很有型呢。"

可以转弯抹角地问问看，但不能主动触及这个话题。

另外，对于那种身体不适的客人，绝对不能强行劝酒。虽然当天的营业额也很重要，但与客人保持长久的交往才是最要紧的。

"今天还是先回去吧。保重身体!"

人在虚弱或是疲惫时，看到文字书写的东西，更能为之所动。大多数的客人都会喜欢看到这样的话。

这种时候，次日的事后问候短信也很关键。

"好像柚子对缓解疲劳、预防感冒有用。"

"快好起来，再来玩啊!"

最迟次日上午，要把这样的短信发给对方。

7 让人怜爱的任性、惹人讨厌的任性

有时,我也会对客人说些任性的话。

"里惠故意使性子,跟我撒娇呢。"

当然,是程度仅限于会让客人产生这样感觉的小小任性。

比如,说好一起去吃饭,

"我想吃〇〇。"

对说"明天要赶早,所以要回去"的客人,

"再多待一会儿嘛。"

看到我这样写,几乎所有客人都会换上笑脸,满足我的无理要求。

像这样的任性、撒娇,或是有时摆出一副吃醋的样子,这些都是男女之间游戏的一种,就像是拉近与客人距离的一种调味品。

不过,稍有差错,就会变为决不应出现的 NG 态度。

"为什么不来?"

"为什么不为我〇〇?"

男人,如果是面对可爱的任性,会报之一笑,可一旦他们感到语气中含有"理应为我这么做",就会立刻厌弃对方女子并逃之夭夭。

就像约会时,如果对方迟到了,"还没来?""太晚了!"如果给他发去这种短信,就搞砸了。

"好想能早点见到你啊。"

如果在他到达的瞬间这样写给他看的话,会让迟到的他,心中立刻同时涌起歉意与感激。

措辞的些许差异,听起来的感觉却会有 180 度的改变。因而,我在接待客人的时候,总是非常注意措辞。

决不能有的态度，另外还有许多种。

其中之一就是不懂装懂。

客人几乎都是年长且有很高社会地位的人。他们经常会教给我一些我所不了解的东西，或是把他们作为人生前辈的经验之谈讲给我听。

"这种时候应该这么做。"

对于他们的建议，

"可不是吗。我知道。"

如果你这么回答，一下子就会令客人讨厌你了。对方积累的经验，你一个二十几岁的女孩子故作明白，不觉得脸红吗？

"啊，您真聪明！"

比一个二十几岁的女孩子"聪明"，这在客人看来是顺理成章的事情。你这样说，并不会令对方感到愉快。

"谢谢！"

这是最好的回答。

另外，特别是对年长的客人，绝对不能抱有"教对方什么"的态度。这样做说不定会令一直以来维系的关系一下子就此了结。

另外还有一件，就是绝对不能拿对方与别人比较。

"某某先生，他是这样的。"

"那个时候，他为我做了什么。"

男人，即便年纪再大，也都有一颗敏感的心。决不能任意践踏。

8 听到追求的话语后

"你是公关小姐,可还是不够性感。"

时常有前辈大姐这样教训我。这样的我也偶尔会收到客人的邀请。

"咱们约会吧。"

"一起去吃饭吧。"

当收到自己心仪的客人的邀约时,我们公关小姐也会很高兴,可也不能太过简单地就那么接受邀请。先来跟他过过招吧。

"才第一次见面,就约我?"

注意一定不能缺少笑容。

"不行吗?"

如果对方再逼近一步,就不能再后退了。

"我也想对您多些了解,很高兴您邀请我。"

假设约会时间订在星期天,

"到星期天为止都见不到您了,我会寂寞的。"

不要忘了再添上这一幕煽情的演出。

如果 NG,回答需略加变动。

"好啊。先来订约会地点吧。"

"很想去,可这个月都排满了,下个月怎么样?"

就这样,不做确定答复,而是稍加拖延。

如果这是私人交往的话,或许会当场明确回绝他。可这里是成人俱乐部,有许多客人是来享受夜晚男女游戏的乐趣的,断然拒绝是很失风雅的。

"马上约会,不行吗?"

"就约在这个月吧。"

有时,客人会再度约你。

"时间安排好了,我再跟您联系。您也给我打电话啊。"

语气中要让对方明白,还不到能够约会的阶段,等待客人冷静下来。

有时,喝醉的客人会提出一些非份要求。

"今天去酒店吧。"

这时,下笔时也要面带微笑。

"好啊!我很喜欢在酒店的休息室喝酒呢。"

如果是叫我去那种情人旅馆,回答则有所不同。

"听您那么说,我好激动。不过,今天我穿了和服,脱了之后,我自己穿不起来呢。下次吧。"

其中,也有客人会说:"里惠,给我看看内裤。"

这时,我会笑着在本子上画一条内裤给他看(笑)。很令人意外,多数客人会就此满足。

不过,在俱乐部里,会提出那么露骨要求的客人只是少数派。大家都是游戏场老手,大都是约也约得有技巧,收场也收得很完美。

只不过,并不是所有客人都是绅士,都明白事理。

公关小姐中,也有人为了争得客人指名,而随意向客人大说情话。

"喜欢你。"

"我爱你。"

想必几乎所有客人都会喜欢听到这种话吧。可也有客人不把它当作职业上的应酬话，而是当真追求起那个女孩子来，结果想不开，最终闹出事来。这种事我也曾当场见过。其中甚至还有动起刀来的。因而，以吸引客人为理由，轻易做出爱的表白，这是极其危险的行为。

　　男女之间的恋爱拔河，是夜晚俱乐部的乐趣之一。

　　"进一步，退一步。"

　　"追追你，让你追追我。"

　　"看起来你是在支配我，可主导权我却不交给你。"

　　不断重复以上这些，让客人爱慕你，这就是公关小姐手腕的高明之处。

　　"我想对她能多些了解。"

　　"跟她在一起，很开心。"

　　"想跟她多待会儿。"

　　为了能让客人如此看我，听不见声音的我，日日夜夜磨练着自己的笔谈技巧。

第 6 章　笔谈女公关上京

1 为之向往的东京OL^①生活……

"想在东京做做看。"

来东京只是出于这极为单纯的动机。说实话,我在青森的几家店做过后,觉得已经把公关这一行都体验遍了。

"趁着去东京的机会,辞了公关,在那儿找份向往已久的OL的工作。"

我内心就这样单纯地为新生活而雀跃着。我找了一位住在东京的熟人帮忙,在她工作的那家从事海外海产品进口的公司里找了份事务性工作。

我的那位熟人大姐她是位勤奋的职业女性,工作时的她是那么英气逼人。自从认识她那时起,我就很仰慕她。自然,我无法和她做相同的工作,非但如此,听不见声音的我,甚至连接电话都不行。让这样的我来做办公室工作真是很出格了。

公司里的人都对我很亲切,给予没有办公经验的我以热情的帮助。我与自己陌生的电脑操作苦苦奋战着,做着库存管理,有时也到仓库帮忙盘点。

对于之前只做过接客行业的我来说,一切体验都是那么新奇。在我感受到其中乐趣的同时,也因为有很多东西要学,心里渐渐失去了那份从容。

忙的时候有人来找我办事,我会不自觉地态度恶劣起来。

"里惠你要注意啦。"

我所仰慕的那位大姐这样提醒我。

我这才发现,自己的状态已经远远超出了从容不从容,完全达到了极限。我所做的并不是什么大不了的工作,纯粹只是因为我没有办事能力。冷静面

---

① Office Lady 的简称。职场女性。

对自己,我发现自己已经完全成了公司的包袱,成了个无用的OL。

"想成为向往已久的OL。"

最初的这种热情已在这几个月一味与电脑上的数字奋战期间消磨殆尽。我不得不承认,原本自己觉得厌烦而辞去的陪酒这一行更适合我。

我既非高中毕业,也没有OL的经验,听不见,连电话也接不了。那家公司能聘用这样一个身有残疾的我,对此我真的是心怀感激,可是……

我深切地感受到:"应该有人比我更适合这个职位。"

不久,我向我仰慕的那位大姐表明了辞职的心意,并坦诚地向她道了歉,她费心介绍我来公司,而我却没能如期干好工作。

"OL这份工作确实不适合你。"

那位大姐也好,周围的人也好,也都觉得再这样太过勉强,于是我很顺利地离开了这家公司。

离开照顾我的公司,我成了无业游民。职业经历,等同于零。

"我所能做的只有公关了,只有笔谈女公关了。"

我决定重回那个夜晚世界。此时,距我来到东京仅仅过了半年。

2　听力残疾者的东京生活

住在青森的时候，我就来东京玩过很多次。我的童年伙伴美幸，还有其他几个同乡朋友都在东京工作。

可玩和住，截然不同。听不见声音的我，在一个不熟悉的地方独自居住，有很多不便。

有很多人会误以为青森人是成长在大自然中的。我家在青森市内，虽然不是大都会，但也算是中等城市吧。可东京还是与青森截然不同，什么都大。我在东京生活了有两年时间，可现在还有不习惯的地方，那就是满员的电车。即便是在不那么拥挤的时间段里，东京的电车也那么复杂，我现在还是搞不清应该乘什么车，在哪儿换车才可以到达目的地。没坐惯电车的我，单是说起坐车，就会感到紧张。

而满员电车，更是根本没法坐，挤得人难受死了。

"不行了！"

每当遇到那些每天早上都要乘坐那么拥挤的电车去上班的客人时，我都会对对方充满敬意。

说起交通工具，我有时也坐出租车。有一次，我从某地打车去银座。我有过经验，知道从那里去银座打车要15分钟，车费大约2000元。

坐上车，把目的地写给司机看后，我就专心跟客人发起了短信，线路完全交给司机负责。等我偶然抬头看时，车已经开了近30分钟了。我慌忙向司机询问。之后，很快就到目的地了，车费却比平时多出了一倍。

"怎么这么贵？"

我用笔谈问司机。我想或许是我跟客人发短信期间没注意到堵车，那样的话我也无可奈何,可司机却在本子上潦草地写下了一个令人惊讶的回答。

"我叫了你好几遍,你也没回答。我不知道把你放在哪儿好,就围着银座转了三圈。"

我真的很难过。我写给他目的地看的时候,他应该发觉我是个重听者。即便没有发现,难道可以因为乘客没回答,就那样什么也不做,在同一个地方绕圈吗?只要他在哪儿停一下车,回回头,就算我再专心发短信,也会有所觉察的。

重听者说话时,因为吐字不清,常常会被错当成有智力障碍的人。我给他看写有目的地的纸条时,也开口跟他说了。

"拜托去银座。"

或许因此,反而使司机以为我有智力障碍。

"残疾人,反正她不懂。"

我不知道那个司机的确切想法,可他给我的感觉就是如此。我想正式向他提出抗议,可距离约定时间就快迟到了,我只得无奈地决定把钱给他。

我们发有残疾人手册。出示手册,车费就可以打 9 折。此时,我想多少让他明白些我的不满,于是取出残疾人手册,嗖地一下递给他。

可那个司机,只是平静地走着程序,到最后都没有一句道歉的话。我在这加剧的伤心情绪包裹中下了车。

这陌生的大都市的新生活,有许多自己无法想象的事情会降临。像这种事是常有的。我不知道自己受到这样的对待,是因为自己是残疾人,还是只是因为自己来自乡下。

每当遇到不痛快的事,我会愤怒,或是暗自伤心。

"我要在东京获得成功,不能让这种事情打倒我。"

这种时候,我总会努力这么想来激励自己。

【专栏】

"青春期形成的隔阂，至今仍没能消除。"

——齐藤里惠的父母

据说里惠自从离开故乡青森去了东京之后，几乎再没回过家。甚至有时回青森后，也不与家人照面，就又返回东京去。看来青春期形成的隔阂，至今仍未能消除。

"里惠哥哥的结婚仪式上，这才见了她一面。之前，我和她爸爸两人去东京看她。到了东京，心想'终于能见到她了'，却接到她一条短信，说是'有工作，不能见面了'。看了这条短信，我们心里多失望啊。来东京就是为了见她的，我们也没心情观光，就又那么折回去了。那时，我觉得又伤心，又可怜，也不避讳别人了，就那么在新干线的站台上放声大哭。"

说这些话的母亲一脸悲戚。

此次，为了挑选要登载在本书中的儿时的照片，里惠这才踏足久违的家中。父亲说她好多年没回过家了。家里，除了家人外，还有一条她的爱犬迎接她。

"这条狗，是里惠说好要照料它才养的，为了这，她爸根本不管这条狗，不跟它玩。我想是见到狗就会让他想起去了东京的里惠吧。"

母亲这样讲述父亲的复杂心境。

3　笔谈女公关初登银座

辞去 OL 一职的我,不马上工作就无法生活。我想,要返回夜晚的世界,那么还是趁早为好,于是我开始找工作。既然要在东京干公关,索性就选在日本最高级别的银座吧。也是在那时,我这样下定了决心。

我在银座的高级俱乐部里并没有熟人,于是我先在电脑上看看哪家俱乐部不错,然后联系,约好时间等待面试。我联系的那家俱乐部叫做"Le Jardin",是银座屈指可数的名店之一。

要在银座从事夜晚的工作,横向的关系极为重要。横向关系是指有没有在银座工作的经验,有没有介绍人。而我既没有在银座的经验,当然也没有介绍人,并且耳朵还不好,这一道道难关横在我的面前。

我虽然做好了心理准备,但工作找得还是很不顺利。

不过,给我面试的那人,态度很和善。

"不做公关,来我们店里做其他事务性工作怎么样?"

她还亲切地建议我去做公关之外的别的工作。可通过之前的经历,我深深自知自己缺乏办事能力。如果在这家俱乐部做事务性工作,又会给大家添麻烦……不能再重复同样的失败了。

想到这里,我拼命表示自己想做公关。

"挺丢脸的,我还欠了不少债,也是为了还债,我想做公关,而不是事务性工作。我有在青森俱乐部工作的经验,我有自信,听不见也能用笔谈来接客。请让我在这里工作吧。"

我这样恳求她,可那位负责人还是一脸犹疑。结果,并没有当场答复我可否,而是保留意见。

"这样就不能在银座干了。"

我为之烦恼不已。

这时,就像是上天对我的恩赐,一条短信不期而至。一位在青森一直眷顾我的客人,说是几天后要来东京出差。

"好久不见了,一定要见见你。"

短信上这样写着。我立刻回了短信,告诉他我想在银座的某家俱乐部工作,可耳聋成为了一大障碍,能否获得工作,情况很微妙,这一切我都毫不隐瞒地告诉了他,然后我又拜托他能否和我一起去那家俱乐部。

"那样的话,没问题。"

那位客人很痛快地应承了我。

我又马上给"Le Jardin"发去短信,说有位青森的客人要来东京,我想去把那位客人介绍给他们。

大概是对方感受到了我的诚意,也回了信,说是"OK"。

那晚,我熟识的那位客人如约带我去了那家俱乐部。虽已做了多年的公关,可第一次来到夜银座的我,心里却还是七上八下,忐忑不安。

客人向妈妈桑以及其他工作人员介绍了我,说我在青森是个称职的公关。那位客人的支援炮火,对于为工作一事烦恼不已的我来说,是多大的鼓舞,又多么令我感到欣喜!

从那天起,我终于如愿以偿地成为了银座公关中的一员。

【专栏】

"我觉得耳聋的女孩子干陪客这一行，还是挺难的。"

　　　　　　　——"Le Jardin"店主桑妈妈桑　望月明美

　　"Le Jardin"是里惠最初叩响门扉的那家银座的俱乐部，这是一家高级俱乐部，在熟悉银座的人中颇有名气。31岁就成为"Le Jardin"的店主，并一直守护着这家店的望月明美女士，是位出过多部著作、备受电视节目争抢的人气妈妈桑。

　　里惠第一次来面试时是怎样的情形？

　　"说实话，我觉得耳聋的女孩子做陪客这一行，还是挺难的。公关的工作，就是听客人说话。有时需要愉快地倾听，有时甚至要扮演好心理辅导师的角色，这就是银座的公关。要紧的话听不见，我认为这是一个很大的障碍。"

　　即便如此还能接纳里惠，这不能不说是妈妈桑胆识过人。

　　"我在银座工作已经20多年了，从来没有听力残疾的公关，我也很不安。可她本人那种'一定要干'的劲头，让我决定赌一赌。"

　　尽管里惠她在青森是一流公关，可在银座，如果不懂银座的行事作风是行不通的。妈妈桑、前辈公关们教给里惠很多工作方法、礼仪。

　　"公关小姐在跟客人谈话时，必须连一些细节都要注意到，比如酒杯中有多少酒，烟灰缸脏了没有。她在这方面做得很完美。要说我教给她了什么，大概是怎样给客人写信、发短信吧。她都学做得很好，客人也很快就多起来了。"

　　只不过，她有些急躁。

　　"她是个直性子，要是有客人跟她求爱，之后与那位客人如何保持距离，如何相处，她就不会应付了。这跟听得见听不见没关系，是性格上的问题。应该怎样处理那种事，我本想再多教教她的……不过，找个合适的人结婚，或挑战一下别的工作也不错。"

　　说这些话时，妈妈桑的目光就像是一位严厉而又亲切的大姐。

4　银座的严酷

　　虽然并非所有的店都是如此，但银座的高级俱乐部里有种独特的制度——"永久指名制"。简单说来，就是把客人第一次带来店里的公关，会作为那位客人的负责人永久获得指名。不仅是那位客人的饮食消费会全部算作那个负责公关的营业收入，客人带来的其他客人的消费也会算作其营业收入。当然，带来的客人要是下次独自再来，也是如此。无论坐在同桌助手席上的别的公关小姐再怎么努力，再怎么受到客人的喜欢，也不可能分得部分营业收入。负责的人一旦决定，直到她辞职为止，都不会再有改变。

　　出台这种制度是为了防止公关们之间相互争夺客人，有其高度的合理性，可对于像我这样没有在东京干过公关的人来说，因为没有客人指名，真是个很大的难题，而且几乎所有高级俱乐部都对营业额、"伴"有定额要求，不付出十分努力，是很难继续干下去的。

　　我第一家工作的"Le Jardin"，是银座少有的几家没有实行永久指名制的俱乐部之一。即便像我这样初次在银座工作的公关小姐，也可以凭借自己的努力获得高业绩，因而人们的工作积极性很高。

　　例如，当有客人来店里指名叫了某个女孩子，如果他不是独自一人，而是和几个朋友同来，坐在助手席的公关们也会获得机会。因为如果能得到其朋友的喜爱，他朋友下次再来店里时，就有可能指名叫到自己。

　　因此，在那里工作的女孩子们会积极和客人去共度"下班后的时光"，会频繁和他们联系。所谓"下班后的时光"，是指打烊后与客人外出就餐或去卡拉OK。如果在这一时间里能与客人亲近起来，下次得到指名的可能性就会增大。

业绩好的女孩子们，几乎每天都会和客人去共度"下班后的时光"。看到前辈们那么努力不懈，我也深受其影响。

"青森的女孩子们与银座的女孩子们对工作的态度明显不同。"

这是我在银座工作后真实的感想。银座的女孩子们的美貌自不必说，她们还要多方学习以作与客人交谈的储备，为使客人来店，她们竭尽所能。

当然，并不是说青森的公关小姐水平都很低，可接客水平的确参差不齐。

在青森工作期间，我遇到过这样一件事情。

那天，店里来了一位 VIP 客人，他来店里招待客户，并开了一瓶新酒。那天的他也是尽兴而归，可随后发现账算错了，没有收他新酒的钱。

"现在再跟客人说，一定会让客人感到不快。他是我们的重要客人，这钱我来给他付了吧。"

我这样想，于是跟店里联系。我想，任何一个机灵些的公关小姐都会这样想的。

可我还没来得及跟店里说，就有别的女孩子给客人打去了电话。当然，一句也没有跟身为负责人的我商量。

"账算错了，请下次来的时候把新酒的钱付了。"

这令身为负责人的我颜面扫地。

"怎么能随便对客人那么说呢？事后跟人说，一定会让人不高兴的。为什么不跟我商量商量？"

那个女孩子自作聪明地打了电话，被我这么一说这才醒悟。

那之后，那位客人再也没有来过。

像这种可笑的事，在银座是绝对不会发生的。如果我的客人来了，而我又无法作陪,那也可以放心地交给其他女孩子。这里值得我学习的东西还有许多许多。

前几天,银座的一位前辈还给了我这样的建议。

"里惠,你现在可能只是靠着年轻,才干得好,要抓紧不断提高自己的内在才行。"

这话如果是我在青森时听到,一定会不知所云。然而,现在我也是这精英荟萃的银座公关中的一员,我每时每刻都能切实感受到这句话的份量。

"里惠,因为受宠而烦恼,这就是公关最好的时候啊。"

我又自然而然回忆起青森那位妈妈桑所说的话来。

要在银座生存下去,就必须向周围许多优秀的姐姐学习,必须更加努力。不然,转瞬之间我就会在银座失去自己的位置。

我不会再重复做办事员时的失败,因为除了接客这一行业,我再没有赖以生存的手段……

5　银座的客人

银座多是有品位、有闲情的客人，这也是其魅力之一。取悦客人，是我作为公关的工作，而另一方面，我也从客人身上学到了很多东西。

"这样写，会让男人心痒。"

当我笔谈中有了错误，会有从事文笔工作的客人教给我正确的汉字、措辞。

"公关这样做会红的。"

"礼物嘛，要在这种时机送这种东西。"

那些流连银座的常客们给我的建议，时刻鼓舞着我，支持着我，他们就像是许许多多我的后援团。

也有许多客人把自己的专业特长饶有兴趣地讲给我听。有品酒师资格的客人会把红酒的知识、擅长中文的客人会把一些有趣的词句耐心地写在我的本子上教给我。他们是来享受喝酒的乐趣的，反而让我从他们那里学到了那么多，这都让我感到过意不去。

在见过形形色色的客人之后，我理想中的男性也发生了改变。

"得长得帅，或者有钱。"

年轻时，我净是这样不自量力地胡思乱想。

在银座度过两年时光之后，今日的我，比起容貌、富裕程度，更希望能邂逅既会善用金钱，又受人信赖，还善解人意，这三者兼备的人。

另外，我所遇到的优秀男性大都年长，因此与过去相比，那些年长的人也更能令我为之心动。或许是我被银座施了魔法了吧。

6　银座的女孩子

方才也介绍过,银座的女孩子们都是一些极具公关职业精神的出色的女性。私下里,她们也都是些独具个性与魅力的人。

有不少女孩子白天另有职业。以前曾和我在同一家俱乐部工作过的一个女孩子,她的主业竟是女子职业摔跤。她有着灿烂迷人的笑容,是个大美人,因而受到很多客人的眷顾。这样的她竟然还在比赛中充当反派角色,这又一次让我吃惊不已。

"你真是搞职业摔跤的？千真万确的吗？"

我向她求证过好多次。

有一次,她招待我去看她的比赛。这是我第一次观看职业摔跤赛,而且她还给安排了最前排的座位,我内心的激动与兴奋也达到了最高潮。

一旦比赛开始,我的震惊超乎想象。椅子飞过来了！摔出去的选手扑过来了！我一次次忘我地大声尖叫着。

终于,朋友出场了。平日里她那可爱的笑容完全没了踪影,只见她神情凶狠恐怖,一会儿挥舞着武器,一会儿又扔起了钢管椅。

"女人真可怕……"

本不该这么说别人,可女人真的是有多副面孔。

说起是在银座工作,一定很容易被人与奢侈的生活联想在一起,实际上并非全是那种人,也有许多踏踏实实过日子的人。

我在青森时,是赚了钱就尽情地花。

"再干,再重新赚钱不就行了。"

就这样,我在钱上没有什么打算。

买喜欢的服装、化妆品，但凡感兴趣的东西，花钱从不吝啬。有一个时期，外出吃饭就一定会喝到酩酊大醉为止。一起去玩的朋友都会适可而止，只有我屡屡喝到宿醉不醒。

想来那时真是胡乱花钱。非但没有一点积蓄，还贷过款，甚至借过债。

而与那些银座工作的女孩子们相识之后，我才发现自己的所作所为是多么愚蠢。谁也会有偶尔的胡闹或是奢侈，但那并不是生活的全部。

女孩们之中，有很多人来这里工作是为了交学费，或是在攒钱实现自己的梦想。也有的人自己支撑着一家的生活，甚至有人学着经济学，买卖股票赚的钱比在银座赚的还多。总之是形形色色。

"我也得好好干才行。"

跟银座的女孩们一起共事，真的让我受到了很大刺激。

我几乎没念高中就退学了。对于这样的我来说，在银座工作成为了我现在最重要的学习渠道。

第7章 "笔谈女公关"银座接客体验实例8则

—"向所有人献上爱的语言的花束"—

　　本章,我将选取我在银座的这两年间实际与客人谈话内容中的一小部分为您进行介绍。夜银座的一角,男人与女人究竟在通过笔谈说些什么? 或许您能从中对此略有了解。选取的谈话都是我印象深刻的内容。

【实例1】 升迁竞争中你落败了吗?

I先生,任某大型食品公司课长,最近,他说遇到了不顺心的事。

"坐我旁边的那个和我同年进公司的家伙升职了,跑到我前头去了。"

其实I先生本身升职也升得很快。听他说,公司里主要的人事竞争就在他们两人之间进行。

"接下来就轮到你了。"

本是要鼓励他的,可在我落笔的瞬间,看到他的脸色反而愈发阴沉下来。

"哎,虽然我也是这么想。"

他叹息的真正理由在于他的太太。他太太曾与他在同一家公司任职,两人经历了轰轰烈烈的办公室恋爱后终于结了婚。可办公室恋爱现在反而成了负担,因为公司里的消息很快就会传到他太太耳朵里。

"老问我为什么输给别人了,烦死了!"

I先生说他向太太解释过,能不能升职不仅要看本人的努力,也要看与公司上层之间的关系,并不是自己能随意左右的,可他太太听不进去。

"每天啰啰嗦嗦,吵死了,最近,想到回家就烦。"

这样说起来,I先生近来常常到店里来。可这样下去,他怪可怜的。我想了想,在他离去之际递给他一张字条。

"把这个写给您太太看看。"

"'少''止'为'步',我是在稳步地前进。"

后来听说,第二天早晨上班前,I先生照我的话写了张纸条,留给他太太看了。晚上回来时,他太太做了一桌美食等着他。

过后,我接到了I先生的喜讯,说他在随后的人事变动中已被内定获得晋升。

【实例2】用罗伯特·德尼罗的方式指导年少轻狂的派遣员工!①

G 先生,任某机械制造商课长,48 岁,最近发牢骚说是一个新来的派遣员工让他很头疼。

"那个派遣员工很狂,真拿他没办法。"

G 先生公司里聘用了很多高技能的派遣职员。当然,作为正式员工的 G 先生是处在上司的位置,可……

"我是负责营业的,不是技术人员,所以他瞧不起我。"

听他说,那个派遣员工是个 20 多岁的年轻人,当然,表面上并没有与 G 先生发生什么冲突,可是能从他的态度中感觉到他的轻蔑。

"觉得反正我什么也不懂,完全不把我当回事。"

G 先生一脸落寞。

"个人的事,我可以不理会,不要紧,可开会时,对营业的提案他也会一一反对,真是头疼。"

"你好好训他一顿不就行了?"

"是啊,狠狠说他一下。可说什么好呢?"

"方法只有三个,正确的方法、错误的方法和我的方法。"

这是我喜爱的罗伯特·德尼罗在《赌城风云》中所说的台词。

G 先生注视着我写下的文字,把它记在了自己的本子上。

"不错。"

---

① 从别的公司派遣来的临时员工。

不久,那个年轻职员又像往常一样对营业方针乱加指责,于是 G 先生就以严厉的口吻抛给他那段话。

"……是。"

从未被 G 先生以如此强烈的语气回应过的他,完全愣住了。那之后,说是再也没有给 G 先生出过什么难题。

【实例3】 失去了财产，人生就完结了吗？

B 先生，任某大型汽车制造商部长，50 岁，受次贷危机影响，财产损失大半。他有一段时间没来店里了，再次见到他的时候，我大吃一惊。原本年轻、运动员身材、根本不像 50 岁的他，现在消瘦了许多，头上长出一根根白发。

而且，他突然这样对我说："我今天是来跟你道别的。"

细问之下，他说损失了巨额财产令他大受打击，他已经没有气力了。

"辛苦积攒至今的东西，一瞬间都失去了。"

"没有劲儿再重头来了，什么也不想干。"

"想自杀。"

说来说去，他满脑子都是这些念头。

"要让他活下去。"

我内心响起一个强烈的声音。一定要想办法让 B 先生回复以前的快乐爽朗，回复以前的笑脸。

"站着半叠①、

躺下一叠、

那地方勃起了也才几英寸。"

我写下这三行字之后，他注视了许久。

"噗！"

他噗的一声笑起来，一笑就再也止不住，就这样放声大笑了许久。

"是啊。人不需要那么多东西。确实财产也好，那地方也好，并不是大、多就好。大家都是一本正经地来安慰我，要不就回避这个话题，就你这个女

---

① 一叠：一块榻榻米的面积。

人古怪。不过,托你的福,心情畅快了。"

　　B 先生面朝我,脸上又浮现出从前那爽朗的笑容。

　　现在他还是会高高兴兴地来店里喝酒了。

【实例4】 没有比"爱"更强大的

H先生,某大型广告代理店艺术指导,时尚潮人,从未因约会对象而发过愁。

他现在钟情的女子在他工作的那幢大厦的服务台工作。

"长得像蛎原①,很可爱呢。"

"大美人啊!"

"我跟她搭过几次话,看样子她也对我有意。"

"就差最后一步了吧?"

"我想把电话号码给她,可公司里还有很多竞争对手,我正在制订作战计划呢。"

"H先生您那么优秀,一定会顺利的。"

H先生这次出乎意外的认真。他得知情敌那边要和服务台的女孩子们搞联欢,有点着急,说要想办法打败对手,争取跟那个女孩子约会。

"就那么普普通通地把号码给她,太没创意了。有没有什么好的表达能让她记在心里的?"

我想了想,用力写下了一个大字,递给他。

"爱"

他久久注视着那张纸条,思忖着。

"我会加油的。"

大约过了一个月,H先生来到店里。一落座,他就找出手机里存的他与

---

① 蛎原友里:模特、演员、艺人。

一个大美女的双人照给我看。

　　"她说之前也收到过很多的表白,可这份简洁清纯的表达一下子就把她给俘获了。"

　　看着略带羞涩地笑着、满脸幸福的他,我也分享到了他的幸福。因为再也没有比笔谈女公关的笔谈术能帮到我那些亲爱的客人们更能让人开心的了。

【实例5】 击退女儿游手好闲的男友

　　C先生,在某大企业担任要职,是位凭借着自己的努力升到了现在位置的正直长者。

　　他最最疼爱的独生女,现在都内某女子大学上学。我曾见过他女儿的照片,人很清秀,是C先生引以为傲的掌上明珠。

　　不料,最近那位小姐像是交上了一位不太受欢迎的男友。

　　"我女儿有男朋友了。"

　　看着C先生阴沉的脸,我感觉他对此事并不太赞成。

　　"令爱还是大学生吧? 有点担心吧?"

　　"如果对方也同样是大学生或是上班族,还好些。"

　　"是怎样的人啊?"

　　"那家伙大学不好好念,退学了,现在也不工作,整天闲逛,就是那种游手好闲的人。"

　　像这样的男朋友,对于勤勉正直如同典范的C先生来说,是难以容忍的。

　　"而且说是吃饭、约会等费用全部都是我女儿出。"

　　C先生深深叹了一口气,看样子很为女儿的事担心。

　　"我想劝她跟她男朋友分手,里惠你有没有什么好的话能说给她听的?"

　　"爱应该伴随着行动。"

　　我这样写给他看。这是特蕾莎修女的名言。

　　听说,后来C先生与他女儿谈过了,并与女儿达成了协定,如果男友不认真工作的话,就分手。

【实例6】 学习《海贼王》中的路飞

L 先生,任某大型电机制造商课长,45 岁,是一位有着比他小 25 岁的娇妻的幸运儿。可是,当他久未露面又再次光临时,却是一脸晦暗的神情。

"最近,和老婆闹别扭,她都提出离婚了。"

问他原因,他告诉我,原本就一直很忙,回家很晚的他,自从一年前升任课长之后,工作量更是加倍,几乎每天都是下半夜回家。他和他太太的问题就是始于那时的。

"加上不景气,薪水缩水了 20%,另外还得用自己的津贴买公司产品。她说已经跟我过不下去了。"

L 先生无力地垂下双肩。

"我自己也觉得光忙去了,对不起她。"

于是,他准备了份礼物给妻子。

"很老套,买了枚戒指。我想在卡片上写点什么话一起送给她,可写什么好呢?"

他太太 20 岁。什么话能打动她呢? 我考虑了片刻,写下了这样一句话。

"我相信要是没有人家帮助就活不下去!!"

这句话出自我十分喜爱的漫画《海贼王》,是主人公路飞与敌人对峙时所说的台词,诉说着伙伴的重要。

L 先生第二天就连忙在礼物上添上这句话,送给了太太。

"我太太说她其实也很不安,现在我们和好了。"

我很快就接到了他的好消息。作为银座公关,也应对年轻人喜爱的人气漫画有所涉猎。

【实例7】 幸福途中

S先生,某房地产公司董事,直到不久前,在银座消费时还都是极尽奢侈,有时一个晚上刷卡会刷掉百万元以上。

然而,近来情形有了改变,公司经营艰难,他人也变得很是颓废。

"辛①"

他在本子上写下这一个字,就不再做声,咕嘟咕嘟大口喝起酒来。近来他一直这个样子。我也找了各种话题跟他搭话,想让他能开开心心地喝酒,可他看着本子,只是点头,根本没有情绪。

有什么办法呢?

当我看到他写下的"辛"字后,有了主意。

我在上面添上一横,然后把这页纸撕下递给他。

"幸"

他紧紧盯着那个字。

"'辛'是通往'幸'福的途中。"

我又这样写给他看。

他铁青着的脸突然间缓和下来,更让人想不到的是他的眼睛里浮现出泪水。

泪水大颗大颗滴落在地面上。

他又默默无语地喝了一会儿酒,不过,神情已与来时有了不同,平静了下来。

———————————

① 日语中是"苦、难过"的意思。

离去时,他拿过我的本子,写了些什么。

"谢谢。"

他微笑着离开了。

【实例8】 梦的延续

N先生,年仅50岁就做到了某大型商社的董事,人很能干,他能熟练运用英语、西班牙语,工作上也很竭心尽力。

可有一天他来的时候,样子很沮丧,不见了往日的活力。

"沉默的你,也很酷,很有味道。"

我把本子递给他看,他淡淡一笑,写道:"谢谢你的关心。"

然后把威士忌一口气干了。

"我带头搞了一个大项目,受经济不景气的冲击下马了。光是准备就花了3年时间,搞成这个项目是我的梦想啊。"

他眼睛里隐隐浮现出了泪花。

"把工作辞了,跑到海外过一辈子算了。"

怎样才能使他重新振作起来呢?我想了又想。

"'人'的'梦(夢)'就是'儚①',是不是也正因此,人们应该不断去追寻梦想……"

N先生久久凝视着那句话。我看到他嘴角在动,像是在反复读着我写的话。

他又把威士忌一饮而尽,然后在我本子上写了些什么。

"梦,可以有很多个,我会去找寻新的梦想的。"

他莞然一笑。

我也十分开心,微笑着回应他。

---

① 日语中特有的汉字,是"虚幻、无常"的意思。

"好,今晚就是个新开始。里惠,喝香槟!"

他为我叫了我喜爱的香槟。在整整畅饮了一晚后,他重又神采飞扬地离开了。

上："今年春天，见到了两年未曾谋面的父母。意外发觉他们俩身体都瘦小了许多。"或许经过长期的冷战隔阂，和父母和解的时刻就快到来了吧。

下：留在父母家中的爱犬罗密欧。"见到我的瞬间就扑过来，一个劲儿亲我，还跟我握手了呢。它还记着我，真开心。"

第8章　听力残疾者的梦

1 找到理想的笔谈女公关

在青森工作期间，我曾与一位客人有过一面之缘。当时，他与数位客人一起来到俱乐部，进行二次工作商谈会。他剃了个光头，却身穿笔挺的西装，怎么看都不像是从事普通职业的人。

"这位从前一定干过坏事吧？现在洗手不干，干正经工作了？"

我这样胡乱猜测着。

不知为什么，我很在意那位客人，想跟他聊聊。可虽然和他同桌，却并不坐在一起，很不方便，于是我索性跟坐在他旁边的女孩子央求换了座位。平常我是不会这样做的，我自己都觉得自己的行为很是大胆。

接过名片，得知他姓海津，在一家名叫"天鹅"的公司。那时，我与他并没有什么深谈，笔谈的都是些极为普通的内容，谈话中也没有涉及我失聪的事。

在他离去之后，我心里还惦记着他。并不是忐忑不安的恋爱情怀，而是他身上散发出一种气场，让人想与之交流。能给人以这种感觉的客人，至今我再没遇到过别人。

回家之后，我查了查天鹅公司，轻而易举地就从网上找到了公司的网页。他们公司总部在东京，是由大和福祉财团与大河控股株式会社共同创立的股份公司。其中，我最感兴趣的是在他们公司里，残疾人与健全人一起协同工作。制作并销售面包的天鹅面包房、天鹅咖啡屋等遍布日本各地。

"要是我也能开家这样的店该多好！"

"我也能办到吗？"

我这样想。

之前的我，一心只想成为夜世界里第一流的笔谈女公关，而这时的我第一次发现未来存在别的可能性。

"从前干过坏事。"

我这样妄自揣测的那位海津先生他就是天鹅面包房的社长，实际上他不是"从前干过坏事的人"，而是一位"优秀的经营者"。

我那时正好在做去东京的准备，不久之后我就按计划离开青森，移居到了东京。

那之后，有一种莫名的强烈的情绪一直萦绕着我。

"无论怎样，也要和海津先生再见一面。"

天鹅面包房总部在东京，于是，我毅然决定与海津先生取得联系。

他会再见我这个只在青森的俱乐部里见过一面的公关小姐吗？我有些不安，可他很痛快地就应允了。

见面后海津先生告诉我，看到身有残疾却仍然从事着公关工作的我之后，他也很想能有机会再跟我详谈。

此后，我与海津先生数次见面，聆听他的教海。他平时并不在外面喝酒，在我们的交往中，我并没有把他当作客人，而是把他当作了一位年长的朋友，这样说或许有些失礼。

见面时所谈及的内容繁杂，其中我最感兴趣的还是有关他工作的话题。在天鹅面包房，残疾人做什么工作，怎样工作，这些都是我的兴趣所在。

我也曾实地去过天鹅咖啡屋的银座店，在那里品尝了美味的三明治。在与海津先生数次交谈之后，近来的我，面前渐渐出现了一条清晰的道路。我有了一个崭新的梦想。

"好想什么时候能像天鹅面包房那样，开办一处残疾人和健全人一起工作的场所。"

当然，梦想再怎样描绘，也不可能立即实现，因为我既没有开店的知识，也没有钱。

"为了开自己的店，要不断学习，学习各种知识。为此，首先要努力存钱做准备。"

以前，我在夜晚的银座工作，只是为了成为一流的公关小姐，而今后，我要为了实现新的理想，更努力地在银座工作。

虽说之前我一直想成为一流公关，但说实话，对未来也并不是没有感到过不安。

开始在银座工作后不久，我就病倒了。在医院，医生告诫我不能喝酒，于是我休息了一段时间。而公关工作如果不去上班是赚不到钱的。

身体的不适，让我在精神方面也变得不太稳定。

"能一直这样做公关做下去吗？这样做下去行吗？"

这种念头，一次次在我脑海中闪现。

"虽然听不见，也要做不输给任何人的公关小姐。"

我抱着这样一个信念，从19岁开始走上了笔谈公关的道路。然而，就这样一直从事接客行业，做到自己当妈妈桑或是成为俱乐部的经营者吗？这样的未来，我怎么也描绘不出。

"为了新的梦想，搏一搏吧。"

我终于找到了自己真正想做的事情。我也因此更加投入到了夜晚的工作之中。

2 笔谈引出的梦之店

"什么店好呢?"

"是不是开家像天鹅面包房那样的饮食店适合听力残疾的人工作呢?"

"为听不见的人提供打电话服务的公司也不错。"

就这样,我的梦想一个接着一个。

想来想去,我决定开家自己感兴趣的美容方面的店。我想的是那种可以做美体、按摩,并且设有美容室的沙龙。前面也讲过,我本身很喜欢美容,十几岁时,也短暂地作为美容师工作过一段时间。不过当时没有遇到好的店方,没能干长。

我要开家这样的沙龙是有理由的。我想接受过美体或放松按摩的人都有体会吧? 在按摩过程中,较之与客人交谈,更理想的是让客人处于迷迷糊糊的松弛状态。因此我想,在这种以按摩为主的沙龙,像我这样的残疾人也可以没有障碍地工作。

另外,按摩时客人常会提出的要求有这样一些。

"热、冷。"

"按摩力道太重、太轻。"

像这些,笔谈完全可以解决。

当然,事先的沟通工作一定要做好。我会依照事先准备好的咨询卡逐条询问,用我在银座学会的笔谈术准确把握客人的需求。

沙龙里开设美容室的主意,实际来源于儿时好友美幸,她是美容师。最近,活跃着许多为那些难以去美容室的残疾人或高龄人群服务的福利性美容师。所谓福利性美容,是指针对像残疾人、高龄人群等需要护理、帮助的客人,具备相应的基础知识,能提供安全快捷的美容服务的技术。

最近,开发出了许多为残疾人、高龄人群服务的设施,如可以乘坐轮椅使用、或是供特殊人群使用的洗头台。但尽管如此,我认为与健全人相比,身有残疾的人享受快乐的机会还是很少。

在银座工作之后,我对此有了更深的体会。那里,既没有像我这样患有听力残疾的公关小姐,我也从未见到过有听力障碍的客人光临。我想,俱乐部以外也一定是同样的情形。

就连那些大家平时常去的场所,如美容沙龙、美容室,对于残疾人来说,也很不方便。像我这样听力有残疾的,沟通困难会成为我们的障碍;而那些肢体残疾的人中则有很多人因为出行本身的困难而放弃。

在残疾人当中,因为我长时间从事着接客行业,所以相对较多地接触了外面的世界。我想让那个世界变得更大,我想把我学到的知识、服务业的常识、接客的方法等也传授给和我一样身有残疾的人。

现在,我说想开沙龙,或许听起来只不过是梦话。

"一个聋子不可能开那种店的。"

一定会有人这么笑我。

我开始从事接客行业时也是如此,也有许多人笑我,说我干不了。要想得到他们的认可,我必须付出比以往更多的努力,拿出一个个成果来。

为此,我定下的第一个目标就是28岁之前到夏威夷学习语言和全身美容技术。留学地选在夏威夷,有这样几个理由:一是我一直很想学习英语,另外我想学习夏威夷传统的 Lomi Lomi 按摩技术。

夏威夷这片土地因为有着对残疾人的体贴照顾与完善的福利而闻名,也提供了很多可供听力残疾人工作的场所。当然,无论这里如何善待残疾人,要同时学习语言和全身美容技术这两样，每天一定都会过得很辛苦。可我一定会完成学业，将来有一天，为和我同样有着听力残疾的人提供一处能自由工作的空间。

要把我所学到的知识告诉给别人，方法当然是笔谈。笔谈，可以把意思同时传达给听得见的和听不见的人。我想，要传授或是学习什么，没有比这更合适的交流方法了。无论对方是几人，或几十人，笔谈都会把我的想法准确表达出来。通过公关这一工作，我体会到了笔谈的优势。今后我也会继续磨练笔谈会话技巧。

我打算再继续作为夜银座的一员工作一段时间。为了我的理想，我现在同时在两家店工作。

我理想中的沙龙，一定会有一天成为现实。

沙龙里，好友美幸也会和我一起工作。在做美容的同时，她还会笑容可掬地充当我所不能的接线员工作吧。除了我们两个人，还会有有听力或其他残疾的工作人员、身体健全的工作人员，他们都面带笑容，充满活力地工作着……闭上眼睛，那幅画面就会生动地浮现在我的眼前。

我满心期待着这一天的来临。

"这次回父母家的时候，去曾经就读的小学附近看了看。真令人怀念。"

尾声

当有人向我约稿时,我原本打算拒绝的,这在开始章节已经介绍过。实际那时,我还另有一个顾虑。

"我迄今的人生,非常非常平凡,也没有什么特别有趣的故事,没什么可写的……"

这是作为一般人很普通的想法。

可因本书而结识的各位朋友,都众口一词地问我:"你又听不见,究竟怎样作为公关来接客的?"

我其实也没有细想过这些。

"是啊,的确,银座有听力残疾的公关小姐很少。"

我所想到的只有这么多。可是大家并没有放弃追问。

"别说银座,别的地方也没见过听不见的公关小姐。"

"别说公关小姐了,也没见过根本听不见,却还从事接客行业的人!"

我这才第一次意识到,"这么说,我是特例?!"

虽然只有25年,但我是一直抱着这样的信念走过来的:听不见,也可以尝试各种挑战。

这种挑战精神、向上的精神,如果能传达给手捧此书的诸位读者少许,我也就心满意足了。动笔之际,特别感谢企划的村田纯先生、作家小岛淳子女士、摄像师木村哲夫先生、主编宫本修先生。

本书中,我就自己与父母的关系也做了相当直白的描述。最后,我想再介绍一下我哥哥。

"你哥哥真优秀啊。"

无论去哪儿、问谁,他们都会这样夸赞。这就是我引以为傲的哥哥。

父母对于听不见的我倾注了全部,因而哥哥从小就没有得到父母过多的关注。他的处境,一定是要求他必须做个"优秀的哥哥"吧。想到这里,真的觉得很对不起哥哥。

青春期,沉溺于烟酒,成为不良少年,整天跟父母吵架的时候,拦在中间的也是哥哥。他是那么善良,从来没有以恩人自居,从小至今一直牵挂着我。对于我出书一事,他也很为我担心,怕会不会勾起我难过的回忆,怕我会不会被骗。

"谢谢你,哥哥。"

最后,想就父母的事说几句。

从儿时起,对于我来说父母就很严厉、可怕。不过,我现在理解了,他们是出于想把有听力残疾的我培养得不输于健全人的这一愿望,这才狠下心来教育我的。小时候的我,曾一度认为母亲真的是头上长角的魔鬼。

"其实妈妈她也一定想做个温柔的好母亲。"

最近,我开始这样想。

本书出版之际,我回到了阔别已久的青森的父母家中,发觉母亲比以前瘦小了一圈,感到很揪心。而总是皱着双眉的父亲,露出难得的笑脸来迎接我,这又让我开心不已。

我很不愿意让父母为我担心,所以一直什么也没对父母讲过。许多书中所讲的事情,或许父母也都是从书中才第一次获知的。

不过今后,我会与家人更加亲近,并且会将我的感激之情表达给父母。在此就先用我所擅长的笔谈方式吧(笑)。

"爸爸、妈妈,谢谢你们生下我,也谢谢你们养育了我。"

图书在版编目(CIP)数据

笔谈女公关/(日)齐藤里惠著;李萍译.
—上海:上海译文出版社,2011.10
ISBN 978-7-5327- 5504-2

Ⅰ.①笔… Ⅱ.①齐…②李… Ⅲ.①长篇小说—日
本—现代 Ⅳ.①I313.45

中国版本图书馆 CIP 数据核字(2011)第 100177 号

HITSUDAN HOSTESS by Rie Saito
Copyright © 2009 by Rie Saito
All rights reserved
Original Japanese edition published by Kobunsha Co., Ltd., Tokyo.
This Simplified Chinese language edition is published by arrangement with
Kobunsha Co., Ltd., Tokyo in care of Tuttle – Mori Ageney, Inc., Tokyo
through Bardon – Chinese Media Agency, Taipei

图字:09 – 2010 – 685 号

笔谈女公关

[日]齐藤里惠/著 李萍/译
责任编辑/姚东敏 装帧设计/柴昊洲

上海世纪出版股份有限公司
译文出版社出版、发行
网址:www.yiwen.com.cn
200001 上海福建中路 193 号 www.ewen.cc
全国新华书店经销
上海江杨印刷厂印刷

开本 890×1240 1/32 印张 4.75 插页 3 字数 53,000
2011 年 10 月第 1 版 2011 年 10 月第 1 次印刷
印数:00,001—10,000 册

ISBN 978 – 7 – 5327 – 5504 – 2/I · 3220
定价:22.00 元